COMO ANDAR
NO LABIRINTO

crônicas

Livros do autor publicados pela **L**&**PM** EDITORES

Como andar no labirinto (**L**&**PM** POCKET)
Intervalo amoroso (**L**&**PM** POCKET)
Perdidos na Toscana
Poesia reunida: 1965-1999, volume 1 (**L**&**PM** POCKET)
Poesia reunida: 1965-1999, volume 2 (**L**&**PM** POCKET)
Tempo de Delicadeza (**L**&**PM** POCKET)

Affonso Romano de Sant'Anna

COMO ANDAR NO LABIRINTO

crônicas

www.lpm.com.br

Coleção **L&PM** POCKET, vol. 1073

Texto de acordo com a nova ortografia.
Estes textos foram publicados na imprensa brasileira entre os anos de 2001 e 2011
Primeira edição na Coleção **L&PM** POCKET: setembro de 2012

Capa: Ivan Pinheiro Machado. *Imagem*: ArtyFree/Shutterstock
Preparação: Fernanda Lisbôa
Revisão: Bianca Pasqualini

CIP-Brasil. Catalogação na Fonte
Sindicato Nacional dos Editores de Livros, RJ.

S223c

Sant'Anna, Affonso Romano de, 1937-
   Como andar no labirinto / Affonso Romano de Sant'Anna. – Porto Alegre, RS: L&PM, 2012.
   208p. : 18 cm   (Coleção L&PM POCKET; v. 1073)

   ISBN 978-85-254-2732-8

   1. Crônica brasileira. I. Título. II. Série.

12-6075.   CDD: 869.98
                            CDU: 821.134.3(81)-8

© Affonso Romano de Sant'Anna, 2012

Todos os direitos desta edição reservados a L&PM Editores
Rua Comendador Coruja, 314, loja 9 – Floresta – 90.220-180
Porto Alegre – RS – Brasil / Fone: 51.3225.5777 – Fax: 51.3221.5380

Pedidos & Depto. Comercial: vendas@lpm.com.br
Fale conosco: info@lpm.com.br
www.lpm.com.br

Impresso na Gráfica e Editora Pallotti, em Santa Maria, RS, Brasil
Primavera de 2012

Sumário

As borboletas estão chegando / 9
A cinco minutos do fim / 12
A guerra dos maus e dos bons / 15
A história passava por ali / 18
A pajelança de Ruschi / 21
A partícula de Deus / 24
A sedução de Túnis / 27
Advogando em causa própria / 30
Analfabetismo eletrônico / 33
Angel Vianna / 36
Antes do último voo / 39
Ao redor do umbigo / 42
Aos oitenta também se ama / 45
Aprendendo a ver / 48
Aquela estória de Carlos V / 51
Big Brother mortal / 54
Caía a tarde feito um viaduto / 57
Casa-automóvel / 60
Clarice trinta anos depois / 63
Como andar no labirinto / 66
Complexo de Deus / 69
Continuo me maravilhando / 72
Conversa com jovens / 75
Corsários e piratas hoje / 79
Elisa e o acorde demoníaco / 82

Enchendo a marmita / 85
Entre o mar e o deserto / 88
Esses animais em torno / 91
Estava ali em Brasília... / 94
Foucault no meio do tiroteio / 97
Geração "tipo assim" / 100
Geração "nem-nem" / 104
Helena, há oitenta anos / 107
Homens ocos e arte vazia / 110
Hora da ginástica / 113
Metafísica do gol mil / 116
Minha vida no JB / 119
Neumatódeos versus mixomicetos / 122
Nosso pasmo atual / 125
O acendedor de lampiões e nós / 128
O cabelo de Inês de Castro / 131
O craque / 134
O elefante contemporâneo / 137
O raio da música / 140
O verão das latas de maconha / 143
Papa Popó, Josmari & Dona Olympia / 146
Perguntando por Deus / 149
Por falar em Bruna Surfistinha / 152
Recortar a vida (Roberto de Regina) / 155
Redescobrindo a lentidão / 158
Redescobrindo afetos / 161
Reencontrando Adélia / 164
Réveillon inesquecível / 167
Saindo das cinzas / 171
Salvo pelo Flamengo / 174

Sangue e orquídeas / 177
Sexo e guerra / 180
Sexo, faca e morte / 183
Sophie, Manolo e a Torre Eiffel / 186
Superando as leis da selva / 189
Ter uma ideia / 192
Um livro perturbador / 195
Um presidente diferente / 199
Uma Sherazade moderna / 202
Voltar a Minas / 205

As borboletas estão chegando

Um jornal teve a coragem de publicar, em página inteira, a notícia de que milhões de borboletas vão passar por uma estrada na Ilha de Formosa, e para que possam durante três horas seguir seu cortejo migratório, as autoridades vão interromper o tráfego dos veículos.

A notícia merecia até manchete na primeira página. Em vez de bombas em Bagdá, a explosão das asas multicores das borboletas; em vez do sangue das balas perdidas, o esvoaçar dessas criaturas com suas manchas violáceas. Assim deveriam ser as notícias, valorizando a vida e a beleza.

A tal estrada, lá na China, será fechada ao trânsito na semana que vem, entre 3 a 5 de abril. É primavera naquelas bandas e as borboletas saem airosas a percorrer trezentos quilômetros para procriar em outras regiões. Vão para o Norte, botam ali seus ovos e morrem. Fatalidade do amor, do sexo, da vida e da morte.

Outro dia, em torno de minha casa na montanha, notei que as borboletas estavam voltando. Uma ficou circundando-me e acabamos batendo um papo esvoaçado. Há muito que não as via. Achava que o desequilíbrio ecológico as havia dizimado. Mas ouvi a conversa de dois vizinhos, um deles se gabando de que seu sítio também estava cheio de borboletas que, março/abril, agora é a estação delas.

Então, não é só aqui. E o mundo ainda tem salvação. Aqui ou na China, as pessoas ainda podem prestar atenção nas borboletas. Será esse o verdadeiro "efeito borboleta" de que fala a sabedoria oriental?

Uma vez conheci um professor, um borboleteiro, Luiz Soledad Otero, que aplicava sua vida a cuidar de borboletas, a presentear amigos com casulos que iam se abrindo em suas casas. Eu mesmo ganhei alguns e durante algum tempo acompanhei o milagre da vida se entreabrindo mesmo dentro dessa caixa de concreto onde vivemos na cidade. E quando leio a notícia no jornal chega um e-mail dizendo que outro especialista neste inseto, Nirton, acabou de ter até uma mariposa batizada com seu nome – *Periphoba tangerini*.

São várias sincronicidades.

Essa notícia das borboletas me fez retomar um poema em prosa de Aníbal Machado, chamado "Iniciativas", que sei vai iluminar o seu dia. São de iniciativas assim que o mundo precisa:

> Faça o que lhe digo. Solte primeiro uma borboleta.
> Se não amanhecer depressa, solte outras de cores diferentes.
> De vez em quando, faça partir um barco. Veja aonde vai. Se for difícil, suprima o mar e lance uma planície.
> Mande um esboço de rochedo, o resto de uma floresta.
> Jogue as iniciais do lenço. Faça descer algumas ilhas.
> Mande a fotografia do lugar, com as curvas capitais e a cópia dos seios.

Atire um planisfério. Um zodíaco. Uma fachada de igreja. E os livros fundamentais.

Sirva-se do vento, se achar difícil.

Eles estão perdidos. Mas nem tudo o que fizeram está perdido.

Separe o que possa ser aproveitado e mande. Sobretudo, as formas em que o sonho de alguns se cristalizou.

Remeta a relação dos encontros, se possível. E o horário dos ventos.

Mande uma manhã de sol, na íntegra.

Faça subir a caixa de música com o barulho dos canaviais e o apito da locomotiva.

Veja se consegue o mapa dos caminhos.

Mande o resumo dos melhores momentos.

As amostras de outra raça.

Com urgência, o projeto de uma nova cidade.

1º de abril de 2007

A cinco minutos do fim

Faltam cinco minutos, cinco minutos apenas para o fim do mundo. Acham que estou brincando? Que enlouqueci? Não sou eu quem o diz, é o relógio da Associação dos Cientistas Atômicos que aponta.

Quando começo a escrever estas linhas me anunciam que 1.700 ilhas da Indonésia vão desaparecer brevemente. Alguém pode dizer, mas eles têm muitas ilhas, podem perder algumas. Sim, são duas mil ao todo. Mas, ao mesmo tempo em que essas 1.700 ilhas vão desaparecer por causa do aquecimento global, várias cidades beira-mar vão também ficar submersas e alguns pequenos países desaparecerão do mapa.

Bom, eu tenho uma casa na montanha, a 1.100 metros de altitude, e não deveria me preocupar. Da mesma maneira que alguém não se incomodará porque ainda restarão trezentas ilhas na Indonésia. Sim, eu poderia pensar em botar um barco aqui dependurado do lado de fora do 15º andar onde moro, e quando as águas subirem, como um Noé pós-moderno, sairia com toda a família navegando serra acima. Teria, é claro, que dar muita paulada na cabeça de náufragos que iam tentar se agarrar ao barco. Será que compreenderiam que não sou um mau sujeito, que estava apenas salvando minha família?

Não. Eu não chegarei às montanhas, não conseguirei ancorar minha fugidia esperança. Não há salvação individual. Estamos todos no mesmo barco. Ou os mais sensatos conseguem mudar o rumo dos acontecimentos ou vamos todos pro beleléu.

Outro dia li sobre aqueles dezoito prêmios Nobel que fazem parte da Associação dos Cientistas Atômicos que olham alarmados o chamado "relógio do apocalipse". Esse relógio foi criado em 1947, quando a Guerra Fria começou a esquentar. Vejam que contradição: mal terminou a Segunda Guerra, em 1945, começou a contagem para uma catástrofe ainda maior. A voragem humana pela desgraça e a paixão pelo abismo são insanáveis.

Como alguém já disse brincando tragicamente: antigamente a situação era muito ruim, mas aí foi piorando, piorando... E, segundo as observações daqueles cientistas, de acordo com a simulação feita, agora faltam apenas cinco minutos para a hecatombe final. Nos últimos dias adiantamos o relógio por mais dois minutos. E leio que as previsões pessimistas podem ser consideradas otimistas perto da realidade que vem por aí. Aceleramos o carro na medida em que nos aproximamos do despenhadeiro. Ou, como li certa vez, estamos no tombadilho do Titanic e, diante do iceberg que se aproxima, apenas trocamos nossas cadeiras de lugar.

É que agora se juntaram duas variáveis difíceis de controlar. Primeiro a proliferação de artefatos atômicos. Antes os Estados Unidos e a Rússia tinham 26 mil das 27 armas atômicas, quando só meia dúzia delas bastaria para acabar com tudo. Agora qualquer grupo terrorista pode ter um arsenal. Mas a segunda variável é mais terrível: o alardeado desequilíbrio ecológico. O resultado está aí, na Groenlândia as geleiras estão se derretendo velozmente tanto quanto no Ártico, as neves dos Alpes estão desaparecendo e ninguém sabe o que vai acontecer com a Austrália.

Quando era menino e lia a estória de Noé, ficava intrigado com a estupidez dos seus vizinhos que não ouviram a predição do que ia acontecer. Eles achavam que Noé era maluco. E diziam, ora, na hora a gente dá um jeito.

Vai ver que Jeová, mais uma vez, está perdendo a paciência. Vai ver que está dizendo lá com suas barbas: "Esse pessoal não aprende mesmo, o jeito é mandar outra vez um dilúvio. Mas um dilúvio pra ninguém botar defeito, de água e de fogo. Vou tentar recomeçar tudo de novo", diz desconsolado o Criador. "Esses homens que estão aí não passam de um rascunho do que pensei criar. Onde é que eu errei? Vou tentar de novo. Anjos e demônios, escutem-me! Abram as torneiras de fogo e despejem o apocalipse pelos buracos na camada de ozônio!".

4 de fevereiro de 2007

A guerra dos maus e dos bons

Por que será que o mal vence (ou parece vencer) o bem?

Se o bem é tão bom, porque o mal que é mau vive acuando o bem?

Se o bem causa prazer e o mal causa dor, ansiedade, pânico, horror e morte, por que os seres humanos não derrotam o mal com o bem?

Lembro-me de ter lido, há muito, um texto de Bertrand Russell sobre "o mal que os bons fazem". Era algo intrigante e me lembro de que me assustei quando li isso pela primeira vez. Então, alguém com as melhores intenções pode desencadear dramas e tragédias? O inferno está mesmo cheio de boas intenções?

Quando foi que o bem ganhou uma guerra?

Esta já é uma pergunta insidiosa, pois quem se mete numa guerra, para lutar, tem que sangrar e matar, e isto é o mal em sua forma mais dura. Foi assim nas cruzadas, foi assim na inquisição, foi assim nas guerras de independência, foi assim nos conflitos contra o nazismo e outros totalitarismos. O guerrilheiro vem com aquele papo de Guevara, de que tem que matar sem perder a ternura; tem gente que acha isso bonito, desde que seja ele a exercer essa "ternura" sobre outros.

Sim, tem o caso de Gandhi, que moveu uma guerra pacífica contra o violento e opressor império britânico, e ganhou. Isto nos dá algum alento. Mas por que será que o mal vence (ou parece vencer), como atestam diariamente os jornais?

Cabisbaixo, sussurro para mim mesmo: esta é uma luta desigual.

É aí a raiz do problema. A luta entre o bem e o mal é uma luta desigual, repito. O bem não pode, não deve, está eticamente impedido de usar as armas do mal. Se o bem usar as armas do mal, transforma-se em mal. Sim, há o caso da "legítima defesa", a hora em que o instinto de vida se sobrepõe ao instinto de morte. Isto tanto no plano pessoal quanto nas guerras de resistência. Mas aí, o mal e o bem, de novo, se misturaram.

E como se misturam! Então não há uma porção de registros históricos da luta entre o bem e o bem? Um bem que se julga mais bem que o outro bem, e que se julga tão mais bem que o outro bem, que para ele o outro bem é o mal.

Salomão asseverou e Freud confirmou: "O homem é mau desde a sua meninice". Que fazer? Ambos eram sábios. E nós?

Há males que vêm para o bem? Há. Dizem. Então, neste caso o mal é um bem, logo o mal não é tão mau assim.

Posso eu combater o mal só com as armas do bem?

Se subirmos os morros e conversarmos franciscanamente com o tráfico, como vai ser? Talvez facilite se eu subir o morro levando saúde, escolas, moradia e outras formas de bem. Acredito até que a maioria da população agradeça feliz e volte a acreditar no bem. Mas haverá sempre alguém, um núcleo que faz do mal o seu modo de vida. Talvez não somente porque tais pessoas são de natureza perversa, mas porque o mal produz resultados mais rápidos. Na corrida entre o bem e o mal, o bem é a tartaruga e o mal é Aquiles. Mas, quem sabe, há alguma esperança, já que na Grécia um filósofo andou dizendo que Aquiles não alcançará jamais a tartaruga...

É uma aposta ou um simples paradoxo de Zenão?

O que é o mal para mim é o mal para você? Bem ou mal, somos todos bons e maus.

Bem, não sei se fiz bem em começar este texto. E como não há mal que sempre dure, fico por aqui.

Ainda bem.

22 de julho de 2007

A história passava por ali

Como saber que, entre aquelas meninas de uniforme no Colégio Estadual de Belo Horizonte, estava a futura presidente do Brasil?

Dilma deveria estar na sala de outro professor ou talvez cursasse uma série anterior. Imagino que algum colega tenha lhe feito ler *Os lusíadas*: "As armas e os barões assinalados, que da ocidental praia lusitana". Definitivamente não era "assinalada", porque não era "varão", mas donzela.

Se ela tivesse na testa a marca de que seria a primeira mulher presidente do Brasil, o colégio todo saberia. Só nas lendas e mitos as pessoas nascem com tal sinal. No Estadual ela deve ter lido também *Vidas secas*, de Graciliano Ramos, livro que a gente sempre punha na lista. E Lula, que teve a experiência concreta das *Vidas Secas*, sem ler o livro, sacou algo em Dilma, e pagou pra ver.

Quando entrei para o Colégio Estadual, por concurso, em 1962, Dilma devia ter quinze anos. Teve baile de debutante? Estava pronta para debutar na política? Naquele tempo a política fervia por todos os lados. Julião criara as Ligas Camponesas exigindo "reforma agrária". Falava-se de "reforma urbana". Havia uma onda de "nacionalismo". Enfim, o clima revolucionário era tal, que publiquei um poema que começava assim: "Outubro / ou nada". (Como um exilado me diria trinta anos mais tarde, em vez de outubro, deu nada.)

O fato é que, quando o bicho pegou em 1964, Dilma tinha dezessete anos. Não sei se estava prestando atenção no grande agito, na grande polvorosa que era o governo Jango. Imaginem, dezessete anos. E Rimbaud advertia: "Não se é sério aos dezessete anos". Será?

A frase é famosa, mas não é verdadeira. Também é mentira aquele papo que a minha geração inventou: "Não acredite em ninguém com mais de trinta anos".

Mas, se foi no Colégio Estadual que ela começou a acordar para o real, foi na Faculdade de Ciências Econômicas, ali no cruzamento da Curitiba com Tamoios, que uma dúzia de estudantes alucinados, hoje respeitáveis cientistas sociais, administradores e políticos, decidiram que a história passava por ali. E Dilma estava por ali. Não tendo na testa o sinal de presidente do Brasil, envolveu-se com a POLOP, com Betinho, Theotonio Junior, Maria do Carmo, Juarez Brito (futuro lugar-tenente de Lamarca), Ivan Otero, isto sem falar em Simon Schwartzmann, Bolívar Lamounier, Amaury Souza, Cláudio Moura Castro, Paulo Paiva, Edmar Bacha, José Murilo de Carvalho e outros elementos igualmente perigosos. Desse grupo era também Vinicius Caldeira Brant, que presidia a UNE. E vejam só: Serra, que também presidiu a UNE naquela época, declarou que seu aprendizado político passou por esse grupo de mineiros. Será que Dilma e Serra se cruzaram nessa pré-história?

Daí por diante, nós, que nunca nos encontramos no mesmo colégio e cidade, geograficamente nos afastaríamos mais. Quando começou a despassarada guerrilha, a "caçada aos pombos" pelos "gaviões" da repressão, adverti aos amigos: isto não vai dar certo. O Gabeira sabe disto, foi isto que disse quando o visitei na prisão. Messianismo e rebeldia se confundiam.

E foi aí que a danadinha da Dilma, que não tinha na testa sinal de futura presidente do Brasil, se estrepou toda. Prisão e porrada por dois anos, em torno de 1970. Isto deve ter lhe deixado alguns sinais no corpo e na alma. Quem sabe uma advertência de que, se a presidência por acaso se apresentasse em sua frente, seria pela tortuosa via democrática e não pela revolução. Mas imagino que não pensava nisto.

Agora vejam como a descoberta da América nos ensina algo antigo e atual. Ou seja, a história, a física e a navegação provam que a curva é mais certa que a reta e pode-se ir ao Ocidente pelo Oriente. Portanto, como dizia Gilberto Gil pregando "do in": "Oriente-se rapaz!".

E o que se experimenta agora é um momento histórico precioso e raro. Chegaram ao poder, em diversos países da América do Sul e do Norte, os que eram o antipoder, os desempoderados: o operário, o índio, o guerrilheiro, o negro e a mulher.

Nenhum deles tinha um sinal especial na testa. E, no entanto...

14 de fevereiro de 2010

A pajelança de Ruschi

Estou me lembrando de Augusto Ruschi. Primeiro, porque estou aqui no Espírito Santo e já no avião uma leitora, bióloga, e seu marido cineasta conversavam comigo sobre várias coisas típicas deste estado. E fosse porque ela é bióloga e Ruschi cuidava da vida, fosse porque estávamos nos aproximando de onde viveu Ruschi, fosse porque depois de certa idade que deveria ser chamada de "incerta idade" a gente valoriza muito as lembranças, o fato é que me lembrei de um episódio com Augusto Ruschi.

Não o conheci pessoalmente. Poderia ter estado com ele, mas não o fiz por pudor, timidez, sei lá o quê. O fato é que na década de 80 ele e, a seu lado, Lutzemberger eram os dois nomes que marcavam a luta pela defesa da ecologia. Lutzenberger, lá no Sul, pessoa informal e originalíssima, chegou a ser ministro de Collor (esse governo tão paradoxal e surpreendente!). E o Ruschi, defendendo beija-flores, orquídeas e florestas, recebeu até homenagens da rainha da Inglaterra, era citado em vários estudos internacionais e tornou-se uma referência obrigatória na defesa da natureza.

E de repente os jornais começaram a noticiar que Ruschi estava para morrer, pois, no passado, havia sido contaminado pelo veneno de uns sapos perigosíssimos que recolhera na floresta. Diziam que o fígado dele estava condenado, que o tal veneno ia se potencializando com o tempo etc.

Estávamos naquela consternação nacional, internacional, e eu pensei: temos que fazer alguma coisa, não se pode deixar um homem desses à mercê dos sapos *maledetos*. Então escrevi uma crônica desenvolvendo um raciocínio bem tribal e primitivo. Se, quando Ruschi havia recolhido aqueles sapos, os índios que estavam com ele ficaram horrorizados pois sabiam que os dendobratas eram venenosos, era de se esperar que os índios soubessem também como curar tal veneno. Afinal, índio é índio, lê a enciclopédia da floresta com eficiência e entende da farmacopeia natural. Sugeria, então, que alguém fosse aos índios buscar o remédio.

Acontece que Sarney, então presidente, tomou conhecimento da crônica e mandou trazer os pajés Raoni e Sapaim. E armou-se no Rio de Janeiro uma histórica pajelança. Ou seja, trouxeram Ruschi, meio moribundo, trouxeram os índios e lá no Parque da Cidade ocorreu um ritual estranho e sobrenatural. Os pajés fumavam, cantavam e começaram a extrair do corpo de Ruschi umas estranhas substâncias verdes que jogavam no ar e desapareciam misteriosamente. De onde vinha aquilo, ninguém sabia. A imprensa do mundo inteiro ali, o *The New York Times*, o *Le Monde*, enfim, mais uma vez a civilização se curvava aos trópicos.

Resultado: Ruschi melhorou e a palavra pajelança – "série de rituais que o pajé indígena realiza em certas ocasiões com o objetivo específico de cura ou magia" – entrou para o nosso cotidiano. A medicina dos primitivos resolvia o que o saber dos civilizados não alcançava.

Ruschi viveu ainda algum tempo. Acabou perecendo porque, na floresta, havia contraído outras enfermidades, como a malária. Eu, sei lá o porquê, não fui assistir a esse espetáculo. Deveria, me arrependo de não ter visto pessoalmente o que uma simples crônica pode provocar. Vi na televisão, li nos jornais no dia seguinte, como se fosse um leitor qualquer.

Lembrava-me disto ao aportar aqui e ter que falar, para um público variado no SESC/Vitória, sobre as peripécias na vida de um escritor, de como certos escritos geram fatos, de como a palavra pode interferir no cotidiano pessoal e social.

30 de março de 2010

A partícula de Deus

A notícia no jornal desta semana terminava dizendo que os cientistas estão quase chegando a algo conhecido como "a partícula de Deus". E eu li isto na hora em que estava me organizando para uma conferência sobre ciência e poesia na VII Semana de Iniciação Científica da Universidade Veiga de Almeida.

Então, lhes digo: aquela notícia sobre a "partícula de Deus" é poesia pura. E é ciência. Enquanto ciência a gente vê os fatos objetivos: os cientistas construíram na Europa um túnel imenso, chamado LHC, onde desencadearam um calor de 10 trilhões de graus Celsius para obter a matéria primordial do universo. Com isto pretendem conseguir uma "densa sopa quente de quarks e glúons, conhecida como plasma quark-glúon".

Imagino que vocês estão entendendo tanto quanto eu. O fato é que eles querem chegar à "chamada força forte – a força que une as partículas formadoras do núcleo dos átomos".

Também quero entender isto. Essa "força forte" deve ser sinônimo de Deus. E nisto a física, a poesia e a música se aproximam. Me lembro de um hino com letra de Lutero e música de Beethoven que dizia: "Castelo forte é nosso Deus". Há uns trinta anos escrevi uma crônica intitulada: "Dando de cara com Deus". E o pessoal daquele conjunto Blitz aproveitou essa frase num disco. Pois, eu continuo, tu continuas, ele continua dando de cara com Deus.

O cientista produz fórmulas. O artista produz metáforas.

A fórmula tenta captar com números, sinais e letras uma determinada realidade. O artista produz sons, formas, imagens, metáforas que dizem o indizível.

Vocês certamente sabiam que aquela palavra da física nuclear, "quarks", foi tirada de James Joyce, o romancista-poeta que fez com as palavras o que a física fez com o átomo: desintegração/reintegração do sentido.

Vou mais longe: se os físicos procuram a fissão da matéria, o escritor, a exemplo de Guimarães Rosa, faz a fissão da palavra. Do atrito entre duas palavras, da explosão de algumas sílabas, explode um significado novo.

Isto se parece até ao fenômeno das supernovas, essas estrelas que explodiram há milhões de anos e continuam mandando luz e energia até nós. Vejam, Homero e Shakespeare explodiram há muito tempo, mas a luz que emitiram chega até nós vivíssima.

Estou quase dizendo o seguinte: o artista e o cientista estão diante do mesmo problema ou mistério. Talvez se pudesse até dizer que o cientista se interessa pelo "por quê?" enquanto o poeta interessa-se pelo "como". O cientista vai decompondo as partes, criando taxinomias, reorganizando, procurando o sentindo oculto. O poeta vai por outra via, confronta-se com o todo. A ele interessa a perplexidade. Se quiserem usar uma palavra sofisticada, o artista é mais gestaltiano, ele sabe que qualquer sistema ou fenômeno é a soma de todas as partes mais um. Uma casa não é só a soma de telhas, tijolos e encanamentos. Uma pessoa não é só a reunião de músculos, ossos, sangue etc.

Portanto, voltando ao parágrafo inicial, é possível que encontrem e descrevam racionalmente aquela partícula – "a partícula Deus". E aí vão chegar ao todo pela parte. Mas, como dizia no século XVII o nosso Gregório de Mattos, "o todo sem a parte não é todo, a parte sem o todo não é parte". Os gregos sabiam disto. Os místicos sabem disto. Os melhores artistas sabem disto. Os melhores cientistas sabem disto.

Outro dia vi um documentário na TV Brasil sobre o "Fundo do mar". Mergulhei. Fundíssimo. Muito além do pré-sal. E vi, pelos olhos de um pequeno submarino, os mais monstruosos e deslumbrantes seres que a ficção científica tenta imitar. Como se não bastassem os seres luminescentes e transparentes, ainda filmaram um vulcão em erupção debaixo do oceano.

Chegaram à conclusão de que há vida em toda parte. Até mesmo onde parece não haver nada. Ou seja, o nada está cheio de vida. O nada é outra forma de tudo.

Me assombro. Mas isto não me mete medo. Me deslumbra.

14 de novembro de 2010

A sedução de Túnis

Estou percorrendo as ruínas de Cartago, com a alma de joelhos. Para quem esteve nas ruínas do WTC e nas de Persépolis, é mais um aprendizado. Não passo de um organizador de ruínas. Olho as pedras e colunas derruídas sob esse sol africano e lembro-me dos tempos de ginásio quando estudávamos as intermináveis "guerras púnicas". Foram três durante 120 anos, entre Cartago e Roma. E a terrível sentença decretada pelo senador Catão "DELENDA CARTAGO!" (Apaguem – deletem – Cartago!) virou até poema de Bilac nas antologias. Lá estão Cipião e seu neto despejando o apocalipse sobre a mais próspera cidade do Mediterrâneo.

Enquanto termino um longo poema, uma ode, à questão da ruína e da história, revendo em Cartago, o Vietnã, o Iraque e o Afeganistão, penso que deve ter sido por causa de tanto sangue que os romanos criaram tantas casas de banho: para se lavarem.

Estou em Túnis. Cartago é um pedaço da cidade. Este é um país com vários fascínios. É a terra tanto de Santo Agostinho quanto de Cláudia Cardinale. É o cenário do temível pirata Barbarossa e do mítico general alemão Von Rommel – "a raposa do deserto", que travou com os aliados homéricas batalhas de tanques no deserto. É, enfim, a terra de Aníbal, aquele que cruzou os Alpes com seus ameaçadores trezentos elefantes.

E penso nessa longa travessia que começou na África, passou pela Espanha até chegar à Itália: é muito doido isto! Afinal, o que comiam esses trezentos elefantes? Como abastecê-los nessa longuíssima caminhada?

No Museu Bardo, uma coleção de mosaicos, imensos, diferentes (tanto na cor quanto na confecção) dos mosaicos de Ravena e de outros romanos. O tema é sempre em torno da fartura piscosa do Mar Mediterrâneo, esse mar que está morrendo aos poucos, como me disse um pescador.

Ir à Medina, ao Souk, é uma das delícias das mulheres (e até de alguns homens) que sabem descobrir preciosidades e joias insuspeitadas em balcões e vitrinas. Ali se chega pela avenida central ornada de cafés em estilo francês. Na verdade, a cultura tunisina é uma fusão de vinte séculos de superposições étnicas e sociais. Começou com os fenícios, a quem devemos a escrita e as moedas, e os franceses foram a última marca imperial.

Aqui é tudo mais democrático que em outros países mulçumanos. Mulheres com o corpo coberto e outras de jeans e minissaia coabitam. As que estão ultravestidas usam uma segunda pele, uma roupa que lhes permite usar tomara que caia e vestidos de alcinha. Até quem se cobre tem necessidade de seduzir.

Sidi Bou Said, no alto de uma colina em Túnis, é o lugar ideal para refestelar-se ao sol. No século XIII um homem considerado santo foi ali morar e a região virou lugar de peregrinação. Hoje ali peregrinam turistas do mundo inteiro. Há uns cem anos, um barão decretou que só o azul e o branco seriam as cores do local. Esta decisão tão pessoal e autoritária, no entanto, nos dá uma tranquilidade, uma harmonia rara na alma. E por toda parte, jardins. Um festival de oleandros, de palmeiras africanas, de buganvílias e de jasmins guardam nossos passos. Na entrada do hotel, jasmins; no pátio interno, jasmins, jasmins até na cabeceira da cama.

Amanhã começa o Ramadã, farei jejum involuntário até o anoitecer. Mas agora estou num originalíssimo restaurante, o Café des Nattes, dentro do qual há o Cafés des Délices. Difícil descrever. É como se fossem escalinatas descendentes para o mar, e em cada patamar, totalmente descoberto, um ambiente forrado de tapetes. Dali se avista, embaixo, o mar. Não servem álcool. Em outros restaurantes tomarei o Vieux Magon, que vem dos tempos de Aníbal. Devoro umas costelas de carneiro e olho o dia que termina.

No crepúsculo a vida oferece alguns dos mais finos espetáculos.

11 de setembro de 2009

Advogando em causa própria

Você sabia que há uns quinhentos anos havia advogados de insetos, advogados de ratos, advogados de golfinhos e advogados para várias espécies vivas? Só em torno de 1970, no entanto, surgiram os advogados das árvores. E o que aconteceu esta semana em Copenhague está nos fazendo rever a sabedoria dos antigos, que tinham uma relação mais inteligente com a natureza.

Em 1545, na França, apareceu uma praga de besouros. "O caso foi resolvido com a vitória dos insetos, defendidos é verdade pelo advogado escolhido para eles como exigia o processo, pelo próprio juiz episcopal. Este último, usando como argumento o fato de os animais, criados por Deus, possuírem o mesmo direito dos homens de se alimentarem de vegetais, recusara-se a excomungar os besouros." Isto nos vai contando Luc Ferry, ex-ministro da educação da França, no livro de leitura urgente *A Nova Ordem Ecológica* (Editora Difel), enquanto diz que outro advogado dos insetos conseguiu que noutra cidade (Saint-Julien) o juiz determinasse que os gorgulhos deveriam ter um espaço de vida só para eles, resolvendo assim uma pendenga com os humanos.

Essa história da defesa da vida se repetiu, no passado, com as sanguessugas do lago Berna (1451), com os golfinhos em Marselha, com os escaravelhos de Coire. Enfim, nossos ancestrais sabiam dialogar com a natureza. Ao contrário, na modernidade, como diz Luc Ferry, "a natureza para nós é letra morta". E um dos sábios responsável por esta estultícia é Descartes, que dizia que os animais não estão com nada, bom mesmo é o sujeito que se intitula "homo sapiens" e por isto burramente destrói a natureza.

Vejam como a vida é cheia de surpresas. Aquele ator que no filme era o "exterminador do futuro" – o Schwarzenegger, hoje governando a Califórnia – resolveu preservar o futuro. E acabou de dizer algo interessante: "A reunião de Copenhague é um sucesso, mesmo que seja um fracasso". Não é uma simples frase de efeito, é um fato. Estou entre aqueles que acham que soou o momento histórico de uma nova visão sobre o mundo, sobre o outro. A filosofia francesa dos anos 60 vivia falando do "outro", mas sempre relacionada a outro ser humano. Erro. O outro começa com as bactérias e chega ao urso em extinção na Antártica ou a árvore mais próxima. Por isso, naquele livro, Luc Ferry diz que é: "chegado o tempo dos direitos da natureza, depois das crianças, das mulheres, dos negros, dos índios, até dos prisioneiros, dos loucos ou dos embriões".

Para quem não consegue se relacionar com um "semelhante" quando ele é "diferente", torna-se ainda mais difícil pensar que animal e planta não são simplesmente para serem dizimados. Mas existe pelo mundo graças ao Green Peace e ao World Wild Fund, um "movimento pela libertação do animal".

E a realidade nos fez descobrir que as árvores são seres vivos com direito a um estatuto de preservação e sobrevivência. Bem que há algum tempo eu fiz um profético poema dizendo que um dia ergueríamos em nossas praças um monumento "ao animal desconhecido" – esses que dizimamos alegremente. Já se pode erguer também um monumento à "árvore desconhecida", como nas guerras ao "soldado desconhecido".

Se eu fosse escrever um texto pesado e filosófico sobre isto, diria que Copenhague pode ser o início de uma outra epistemologia, uma outra visão da vida, do mundo e do conhecimento. Toda mudança histórica foi um deslocamento, a criação de uma nova episteme. Foi assim com Copérnico, com Newton, com Einstein. E já ficou provado que o modelo de "cultura" e "civilização" que tínhamos fracassou. Estamos à borda do abismo. Enquanto os mais sensatos exigem que mudemos nosso modo de pensar e agir, outros, mais aferrados ao lucro, insistem que não podemos mudar de modelo, porque isto ia provocar desemprego em massa e o caos social.

Eles, no entanto, não percebem que há nisto um irônico e trágico paradoxo: ok, vamos preservar os empregos, continuar destruindo florestas, enchendo o ar e o mar de veneno, e todos poderão continuar indo ao trabalho diariamente, até cairmos, de gravata ou macacão de fábrica, no abismo que nos espera.

20 de dezembro de 2009

Analfabetismo eletrônico

Eu que achava que sabia alguma coisa, que tinha acumulado alguns diplomas, escrito alguns livros, descubro-me um grande, um enorme analfabeto. E percebo que a tragédia não é só minha. Pode ser também sua também. Na verdade, somos todos e cada vez mais – analfabetos eletrônicos. E isto está virando um fenômeno universal. Uma humilhação que se agrava a cada dia.

Vamos aos fatos. Fui à loja onde me venderam um iPhone. Antigamente um telefone, telefonava. Hoje um telefone faz de tudo e é capaz até de telefonar. Pois fui à loja para me darem uma explicação. A moça que me atendeu, especializada no assunto, chamou uma outra colega, que, segundo ela, entendia mais do que ela. A colega veio, manipulou meu telefone e disse que só um outro colega que trabalhava à tarde podia me explicar. Quando voltei à tarde, o rapaz estava fazendo um curso e continuei sem poder usar o iPhone. Quer dizer: três especialistas em telefone numa loja de telefone e eu sem saber usar o telefone.

Não quero nem falar do iPad que insensatamente comprei acreditando na publicidade. O que eu queria, que era baixar livros eletrônicos, é uma coisa complicadíssima. Um técnico já veio várias vezes à minha casa. Explicou, explicou, disse que tenho que dar um upgrade no atual computador, botar roteador, enfim, há dois meses que não consigo o que a publicidade dessas máquinas me prometeu. A toda hora surge um quesito qualquer e, se consigo ligar para uma coisa, não consigo para outra. Resolvi descaradamente perguntar a vários amigos que compraram o iPad. Em princípio todos dizem que é maravilha, que é fácil. Aí, você começa a perguntar e descobre que precisaram de uma ou duas pessoas para botar a coisa funcionando e que mesmo assim também não conseguem utilizar o aparelho plenamente. E não domino esse iPad e já anunciaram um novo para a próxima semana, que vai me tornar mais obsoleto. E o mais humilhante, acabaram de anunciar outro iPad da mesma marca, oitocentos reais mais barato do que comprei há dois meses.

Ontem, cansado de esperar pelos técnicos, pedi a um amigo que desse um jeito nessas minhas máquinas, me ensinasse o segredo. Ele, que sabe muito dessa traquitana toda, levou mais de duas horas e ao final pediu que um outro técnico me ligasse hoje para ajudar a finalizar as coisas.

Minha mulher me disse há dias uma coisa terrível, espantosa, abracadabrante: descobriu que tem treze senhas diferentes, que só no banco em que tem conta, tem que ter quatro senhas diferentes. Em todo lugar pedem que crie uma senha. Vocês hão de convir que há alguma coisa errada na sociedade da eletrônica. Primeiro nos transformaram em escravos dessas máquinas. A Bíblia já advertia, o sábado foi feito para o homem e não o homem para o sábado, quer dizer, essas máquinas foram feitas para o homem ou o homem é que foi feito para essas máquinas?

Tenho um amigo, o escritor e tradutor francês Didier Lamaison que só escreve à mão. É um calígrafo invejável. Não tem sequer máquina de escrever. Computador, nem pensar. Comecei a ter inveja dele.

Fazendo as contas de quantas horas perco por dia com essas máquinas comecei a duvidar do que chamam "custo e benefício". Comecei a ter saudade da Olivetti 22, do papel carbono, do mimeógrafo a álcool. E suspeito que o verdadeiro *Big Brother* não é esse da televisão, nem aquele ideológico que George Orwell descreveu no livro *1984*. Não estamos mais dominados por um Stalin, Hitler ou Mao Tse Tung. A ideologia que nos envolve é outra, e mais invisível. Estamos dominados pelas máquinas, somos servidores e escravos dessa engrenagem que nos prometeu o paraíso e nos jogou num inferno. Por isso, pode ocorrer uma nova "queda da Bastilha", multidões enfurecidas podem empilhar todas essas máquinas na praça e tocar fogo, proclamando, enfim, a nossa Liberdade.

Voltaremos a escrever à mão.

Será mais lento.

Mas teremos aprendido que a velocidade não é necessariamente sinônimo de sabedoria.

4 de março de 2011

Angel Vianna

Angel queria se casar, mas sabia que ia encontrar resistência por parte de sua família, os conceituados Abras, que viviam em Belo Horizonte. Fez o seguinte: escreveu uma carta e pediu à irmã que a entregasse ao pai. Mas que a entregasse quando estivessem num avião a 11 ou 12 mil metros de altitude. E que ficasse de olho na reação dele.

A carta era assim:

Meu pai, eu quero lhe dizer que às vezes você pensa que eu necessito casar. Não é verdade, porque eu só me casarei se eu encontrar uma pessoa que me entenda, me compreenda. Não é o casamento que me interessa e sim com quem vou viver.
E eu quero lhe dizer que já encontrei!
Sei que não é do seu agrado que eu case com ele. Mas, meu pai, você precisa me compreender e me entender. Eu não poderia me casar com qualquer pessoa. Tinha que ser com ele... Klauss. Ele me entende, me gosta e gostamos da mesma profissão. Agora eu vou lhe dizer uma coisa: se eu for feliz com ele, voltarei sempre na sua casa, e se eu não for feliz, você nunca mais vai me ver.
Portanto, meu pai, pense seriamente, nesses 11 mil pés de altitude, o que você vai me responder.

O pai leu aquilo meio perplexo e comentou com a outra filha: "Sua irmã é muito estranha!".

Estranha, estranhíssima e, sobretudo, uma bela figura humana e esplêndida artista, digo enquanto exclamo: que bom que a Funarte fez esse livro *Angel Vianna – sistema, método ou técnica*. Que bom que dezenas de artistas e bailarinos deram aí um depoimento sobre ela. Que bom que Angel existe e continua ativa no Rio. Que bom que eu a conheça, que a conheça desde o final dos anos 50, quando cheguei a Belo Horizonte.

Esse livro organizado por Suzana Saldanha mexe com a memória não só minha, mas de toda uma geração. Ao desembarcar em Belo Horizonte, no final de 1957, encontrei uma cidade culturalmente efervescente. O Teatro Experimental e o Teatro Universitário, o Madrigal Renascentista, a Escola Guignard, o Centro de Estudos Cinematográficos e o trabalho inovador de dança de Angel e Klauss Vianna.

Estou me lembrando das encenações revolucionárias, naquela época, do poema de Drummond "O caso do vestido" e de trechos do romance *O amanuense Belmiro*, de Ciro dos Anjos. Foi a primeira vez que a modernidade da dança me deslumbrou os olhos.

Estou me lembrando da casa dos pais de Angel – a família Abras, da escola de dança com suas bailarinas desencadeando amores e poemas, de Klauss levando o pequeno Rainer para andar a cavalo no Parque Municipal; estou me lembrando de ter me hospedado na casa deles na Bahia, onde foram lecionar ao lado de Rolf Gelewski; do desprendimento característico de Angel, e Klauss emprestando o apartamento no Leblon aos amigos; de como na sua vida franciscana, às vezes, pediam dinheiro emprestado à própria empregada; enfim, estou me lembrando do impacto que ambos causaram sobre os artistas do Rio e São Paulo que, através de Angel & Klauss, redescobriram seus corpos.

Volta e meia estou com artistas e bailarinas mais jovens, que me contam que tiveram suas vidas modificadas pelo trabalho de Angel. Silenciosa e orgulhosamente penso: pois eu já conhecia essa preciosidade bem antes de vocês, sabiam?!

Angel é uma disseminadora de alegria e arte. Que bom que ela continua atuante na Escola Angel Vianna, lá em Botafogo. Qualquer hora passo por lá para vê-la.

1º de maio de 2010

Antes do último voo

Domingo passado, 31 de maio, fazia um ameno sol de inverno no Rio de Janeiro. Havia uma expectativa de chuva ou tempestade à noite. Mas havia uma certa luminosidade sobre as praias. Os aviões chegavam e partiam. Em Paris, sendo primavera, o clima era agradável. Os aviões chegavam e partiam.

No Rio o comissário de bordo Lucas Gagliano preparava-se para o voo que o levaria uma vez mais à França. Voltava à vida, apesar de há quinze dias ter assistido ao enterro do pai. Deu uns telefonemas e preparou sua bagagem.

O cirurgião plástico Roberto Chem, com sua mulher Vera e a filha Letícia, vindos de Porto Alegre, sobrevoavam o Rio encantados uma vez mais com o cenário que viam e anteviam já as delícias de estar no dia seguinte na Europa.

Pedro Luiz de Orleans e Bragança, com seus 26 anos de estudante, preparava-se para retornar a Luxemburgo. Havia visitado os pais em Petrópolis e tomava o rumo do aeroporto do Galeão.

O casal Christine e Fernando fez como fora combinado. Não deveriam nunca viajar juntos com os filhos. Por isso ele seguiu num outro avião mais cedo com o filho de três anos e ela se dirigiu com o filho de cinco anos para o outro voo dentro da noite.

Os dezenove funcionários da empresa francesa CGED que haviam ganhado como prêmio uma viagem de férias no Rio iam fazendo piadas na condução para o aeroporto. Levavam em suas bagagens presentes para os colegas e familiares que ficaram na França.

Moritz Koch, arquiteto, havia realizado o seu sonho, que era se encontrar com o mítico Oscar Niemeyer e com ele realizar um projeto para a cidade em que morava, Postdam. Voltava para casa como quem leva um troféu.

Eles estavam em lua de mel – Ana Negra e Javier Alvarez. E agora retornavam para casa. Mas Javier pensava em ir antes para Dubai, enquanto ela seguiria para Barcelona.

Agora, o dentista José Amorim e sua esposa francesa, Isis, podiam partir tranquilos, pois haviam comemorado o aniversário com os familiares em Niterói.

Um bailarino precisava viajar mais cedo e uma senhora cedeu o seu lugar, por duzentos euros, e embarcou no lugar dele no avião que sairia à noite.

Enfim, 228 pessoas de 32 nacionalidades estavam tomando seus assentos no mesmo avião e embarcando para a fatalidade.

Entre elas, meu amigo, o maestro Silvio Barbato. Tentei contatá-lo dias antes para que viesse assistir a uma palestra que eu faria na casa dos colecionadores de arte Sérgio e Hecilda Fadel naquele domingo à noite. Éramos amigos há tempos. Foi na Biblioteca Nacional que ele apresentou pela primeira vez um concerto com árias inéditas de "O Guarany", de Carlos Gomes. Estivemos juntos inúmeras vezes, muitas delas, na mansão de Cesarina Riso.

Silvio despediu-se da primeira violinista da Orquestra Petrobrás Sinfônica e foi para o aeroporto. Já sentado no avião telefonou para ela reclamando jocosamente que o puseram lá no fundo, no último assento.

O avião levantou voo. Como sempre.

Naquela hora eu fazia uma conferência sobre a arte de nosso tempo.

Cesarina Riso, movida por estranho impulso, às 10h da noite, quando o avião cruzava o Atlântico, ligou para o celular de Silvio.

Um silêncio absurdo foi a resposta.

7 de junho de 2009

Ao redor do umbigo

Outro dia surgiu uma notícia de que algumas pessoas estão pensando em fazer (ou já fizeram) plástica para apagar o umbigo. Como virou moda modificar o corpo com plástica ou tatuagens, chegamos a esse ponto original e originário.

Por outro lado, a gente sai à rua, vai à praia, aos bares e festas, e o que é que vê? Moças, bonitas (e as não bonitas), com uma joinha no umbigo. Pode ser um falso brilhante, não importa, elas estão sinalizando a presença do umbigo, ou até mais, que ali tem algo precioso como uma joia.

Então, é de se notar que o umbigo, fisicamente falando, é um lugar de discussão da beleza. Quem acha que ele é inútil, feio e está pensando até em apagá-lo, está, paradoxalmente, atrás de um ideal de beleza. E quem o embeleza, está enfatizando-o, duplicando o sentido do próprio umbigo.

O umbigo está aí plantado no meio do nosso corpo e no centro de uma simbologia, que vai da estética individual ao sentido místico e cósmico da vida. E, se eu começasse a circular ao redor da palavra umbigo, veria que na Grécia achava-se que o umbigo da Terra estava em Delfos e que uma pedra chamada onfalo assinalava o centro do mundo. Já para os hindus foi do umbigo de Vishnu que decorreu o oceano primordial.

Portanto, há os adoradores do umbigo, e o dicionário diz que nos séculos XI e XII havia a seita dos onfalópsicos que, ao contemplar o próprio umbigo fixamente, comunicavam-se com a divindade, captando o que chamavam de luz do Tabor.

Vou dizer aqui uma coisa que poderia ter dito na primeira linha e abriria melhor, com mais impacto, este texto: a história da pessoa humana é a história de seu próprio umbigo.

A Idade Média, com aqueles castelos no alto dos morros, com aquelas catedrais apontando agonicamente para o céu, com os santos menosprezando seus corpos, indo para o deserto e dizendo que os piolhos eram pérolas de Deus, a Idade Média foi um período que botou o umbigo da vida fora do ser humano: a eternidade é que era o centro das atenções, aqui era tudo periférico e passageiro.

O que foi a discussão entre o sistema cósmico de Ptolomeu e o seu oposto, o sistema cósmico de Kepler e Galileu, senão uma discussão sobre o umbigo? Por isto é que as afirmações de Galileu e Kepler foram tão ameaçadoras. Eles estavam mexendo com o umbigo das pessoas. Tirar a Terra do centro do universo e fazê-la girar em torno do Sol era tirar o solo onde as pessoas pisavam com suas crenças. Era raspar o próprio umbigo.

Por outro lado, tudo isto que andam dizendo sobre a modernidade pode ser resumido como a crise do umbigo. Dizem que a modernidade se caracteriza por vários choques de descentramento, ou seja, por mexidas no umbigo do conhecimento e da subjetividade.

O primeiro foi com Marx. Postulava ele que o umbigo da história não era mais o rei, nem a igreja, mas certos movimentos invisíveis que ocorriam na vida econômica e social. Isto foi um abalo e tanto. Depois, surgiu Freud e o conceito de inconsciente abalou de novo o conceito de pessoa humana, pois pressupunha que dentro da gente tem uma coisa em movimento, surpreendente, incontrolável que é responsável pela maioria dos comportamentos conscientes. Outra mexida no umbigo do nosso ego.

E o que foi toda a arte moderna, senão um formidável exemplo de que o umbigo da estética antiga tinha sido extirpado? Ou, então, uma arte cujo umbigo, não mais visível como outrora, tem que ser procurado fora do corpo da obra.

Hoje parece que o umbigo foi colocado fora da gente. As pessoas buscam o centro de si mesmas em imagens alheias, exteriores, reflexos *fake*, nas telas, revistas e dicionários.

A cultura da chamada pós-modernidade tende a tornar ainda mais confusa a relação do homem com seu umbigo.

Negar o umbigo ou situá-lo fora da gente não é a solução.

Ficar girando em torno dele é uma perdição.

8 de julho de 2007

Aos oitenta também se ama

Não se escandalizem, crianças! Não se espantem, rapazes! Talvez vocês não se lembrem de um filme famoso intitulado *Os brutos também amam*, mas lhes informo que não apenas os brutos e os jovens, mas os velhos também amam. É isso que estou lendo numa revista francesa séria, que tem uma manchete que equivale a: "Nossa Senhora, a Vovó também trepa". E lá está a foto de dois idosos (que palavra incômoda!) se acarinhando.

E a reportagem é uma pesquisa com pessoas que têm cerca de oitenta anos. Elas estão inteiraças e mandando bala. Os especialistas criaram até uma nova expressão: "os novos octos" (a qualquer a hora a imprensa do Rio e São Paulo vai começar a falar disto). Os franceses gostam de encurtar certas palavras, "prof" no lugar de professor, "filo" no lugar de filosofia etc. Pois aí estão os "novos octos", os "novos octogenários".

E o repórter vai dando nomes e idades aos personagens entrevistados. Madalena, oitenta anos, está febril para encontrar o seu Louis que chega de avião de Boston; Maria, assistente social de 81 anos, está felicíssima porque encontrou Dominique, treze anos mais jovem, e lá se foi a solidão. Marcel, de 77 anos, faz surfe com Ivone. E assim por diante. Enfim, pelo menos setenta por cento desses idosos declaram que carecem de sexo, de uma maneira mais ou menos urgente, mas carecem.

Quem, teoricamante, primeiro escancarou a atualidade e a urgência desse assunto foi Simone de Beauvoir no livro clássico *A velhice*. Há que ler.

É como se a humanidade estivesse numa frenética reinvenção de si mesma. Vocês sabem que crianças são uma invenção recente, antes de Rousseau e outros elas apenas faziam parte do cenário alheio. Outra invenção recente é a mulher, outra o índio, outra o negro, outra o homossexual, e assim por diante. A imprensa e a sociologia estabeleceram que os jovens foram inventados nos anos 60 – o "poder jovem".

Pois aí é que surge uma coisa curiosa sobre esses que estão chegando aos oitenta. Todos os governos do Ocidente deveriam erguer uma estátua deles, porque são pessoas que atravessaram historicamente alguns dos momentos cruciais dos últimos anos. Eles viveram a revolução sexual dos anos 60. (Olha aí o "Maio de 68" de novo, olha aí a vida que não quer morrer.) As mulheres atravessaram a revolução feminista, viram seus filhos virarem hippies, arriscaram-se em várias experiências pessoais, sociais, familiares e agora estão aí cruzando os oitenta.

Dizem as estatísticas que entre 1980 e 2009 aumentou a porcentagem dos que atingem os 75 anos. E o número dos que terão 85 anos deverá quadruplicar os de 75 daqui a algumas décadas.

Não se trata de fazer uma paráfrase do "poder jovem" e decretar "o poder aos velhos". Nada disso.

Parece que esses que chamávamos de velhinhos estão querendo outra coisa, e isto sim é sinal de sabedoria. Peguem a palavra aposentadoria. Antigamente havia uma noção de aposentadoria totalmente danosa: o indivíduo aposentava, ficava inativo e havia um pressuposto de que aposentava também seu sexo. Aposentado era um morto que se esqueceu de deitar. Havia, no entanto, uma expressão contraditória, pois se dizia: "gozar a aposentadoria".

Havia aposentadoria. Faltava o gozo. E é isto o que os de oitenta anos estão buscando.

6 de fevereiro de 2010

Aprendendo a ver

Meu primeiro aprendizado sobre a cegueira foi no ginásio. De repente, apareceu na sala de aula uma aluna cega. Cega e com o nome de Luzia – a santa protetora dos cegos. Esse fato nos fez abrir os olhos. Sem enxergar, tateando os livros em braile, Luzia era uma boa aluna.

Vou me lembrando disto quando me pedem que escreva uma introdução ao livro que conta os 150 anos do Instituto Benjamin Constant. E, vendo a história da instituição, descubro que, em 1954, quando o Instituto fez cem anos, Ayres da Mata Machado fez, aqui no Rio, a conferência "A educabilidade dos cegos". Mestre Ayres era praticamente cego, foi meu professor, dava aulas de Filologia Românica na UFMG, era especialista em gramática e folclore e, sendo de Diamantina, bem-humorado, era também um seresteiro. Foi um dos examinadores de minha tese de doutoramento e viu no texto coisas que outros não perceberam.

Tive um aluno na PUC-RJ, dos mais brilhantes, que batalhava contra sua cegueira progressiva – José Eduardo Bezerra Cavalcanti.

Desafiadoramente transformou-se em crítico de arte e ensaísta. Um dia dediquei-lhe um poema quando soube que estava lendo *Grande Sertão: veredas*, em braile. Pelos dedos, em braile, meu amigo colhia o sertão na palma da mão.

Há uns quinze anos estava indo ao Chile e ao meu lado, no avião, sentou-se um cego. Fiquei observando como ele ia lidar com aquela situação. Pois veio a comida, a aeromoça explicou-lhe o que continha a bandeja e segurando sua mão mostrou onde estava a carne, a sobremesa etc. Mas, quando ela se afastou, ele se virou para mim e perguntou: "Mas, qual a comida?". Era a informação que lhe faltava. E começamos a conversar. Mal comecei a falar ele me identificou pela minha voz. Havia ouvido uma entrevista minha no *Sem Censura* etc. Que ouvido, meu Deus! Descobri, então, que ao meu lado estava o professor Edson Ribeiro Lemos, que ia com uma comitiva a um encontro internacional de cegos no Chile. Pois, consultando a história dos cegos no país, descubro que, em 1950, ele foi um dos três pioneiros no ensino integrado, ao inscrever-se no conceituado Colégio Mallet Soares, no Rio.

Há uns vinte anos ao escrever uma crônica onde havia impensadamente usado uma dessas expressões, tipo "pior cego é aquele que não quer ver", Marco Antônio de Queiroz, jovem escritor que havia perdido a visão por causa da diabetes, mandou-me uma carta. A partir daí surgiu uma amizade e fiz o prefácio de seu livro, *Sopro no corpo*, em que narrava as peripécias que o levaram à cegueira e como, jovial e criativamente, chegou a ser um técnico em informática e criou na internet o site "bengalalegal".

Nesta semana subi a escadaria do imponente Instituto Benjamin Constant para o lançamento do mencionado livro. Essa instituição originalmente chamava-se "Imperial Instituto dos Meninos Cegos". Não havia meninas cegas? Claro que havia, mas éramos cegos à questão dos gêneros. A palavra "homem" até pouco tempo era genérico de homem e mulher e, portanto, aquele "meninos cegos" deveria encobrir as "meninas".

Hoje os cegos estão se incluindo no mercado de trabalho e até participam de olimpíadas. Estão aí as equipes do Benjamin Constant, ganhando medalhas, sagrando-se, em 1997, no Paraguai, campeã de futsal, ou, em 2001, como equipe campeã brasileira de natação. Essa inclusão, que se torna cada vez mais evidente, não é fácil. Pensar que só em 1932 começou-se no Brasil a permitir o voto do deficiente de visão é registrar como a noção de cidadania percorreu um lento caminho neste setor.

Muitos cegos estão conduzindo outros cegos para um conhecimento maior e melhor do mundo. Muitos portadores de baixa visão estão elevando o nível de participação de seus semelhantes na sociedade. Compete aos outros, a nós que julgamos ver normalmente, abrir os olhos e participar da revisão do papel dos cegos e deficientes físicos na sociedade do século XXI.

23 de setembro de 2007

Aquela estória de Carlos V

Era uma vez um rei. Um rei de verdade, chamado Carlos V. Não era pouco rei. Além de rei da Espanha, era o imperador do Sacro Império Romano. Pois um dia ele chamou um de seus generais para uma nova conquista, mas o soldado se escusou delicadamente dizendo que havia encerrado sua vida de batalhas. Estava se retirando, ou melhor, explicou-se ao rei: "Resolvi meter algum tempo entre a minha vida e a minha morte".

Tão perplexo e maravilhado ficou Carlos V, que resolveu seguir-lhe o exemplo. Resolveu também "meter algum tempo entre a sua vida e a sua morte". Retirou-se para cuidar de sua vida espiritual.

Quando li isto no "Sermão da Quaresma", que o padre Vieira pregou em 1672, resolvi conhecer melhor esse rei e tal episódio. Então descobri que Carlos V realmente passou seu poder para o filho Felipe II e, além disso, resolveu dedicar-se à gastronomia, à música, à contemplação do seu pintor preferido – Tiziano. Mas fez mais, especializou-se na arte de montar e desmontar relógios, desaprisionou-se do tempo e gastou assim o resto de sua vida – metendo algum tempo de prazer entre a sua vida e a sua morte.

Lembrava disto a uns amigos de BH numa conversa lá nas montanhas da Quintas e do Morro do

Chapéu. Se um rei daquela magnitude conseguia jogar tudo para cima, por que nós outros, pequenos mortais, não fazíamos o mesmo? Afinal, somos máquinas obedientes de um perverso sistema, ou podemos ter certa autonomia? Por que temos que viver alienados de nós mesmos e da natureza?

Há que descobrir o tempo, montando e desmontando os relógios de nossa vida. A maioria das pessoas vive no espaço. Mas o requintado é viver no tempo, "meter algum tempo entre nossa vida e a morte".

Vejam a perversão em que se transformou a vida moderna. O cotidiano dos executivos é um verdadeiro inferno de metas e desempenhos. Perguntem às suas secretárias que, com eles, também padecem desse mal. Parecem viver todos numa olimpíada. "Para onde, José?", perguntava Drummond. Ou "para onde está indo toda essa gente tão apressada, correndo daqui pra ali diariamente", já se indagava o Pequeno Príncipe?

Desde os anos 60, com a emergência da contracultura, ficou patente que temos que nos acautelar quanto a essa "sociedade afluente", que acumula bens e privilegia o desempenho social e não a satisfação individual. Isso acaba virando uma esquizofrenia social. Por isso Gregory Bateson desenvolveu a teoria do *double bind* (laço ambíguo e duplo), induzindo-nos a superar as armadilhas e contradições que nos mantêm estressados e longe da autêntica vida.

A ideologia da modernidade nos ensinou a adorar a máquina, a viver a velocidade e a menosprezar a natureza. É uma cultura machista. Deu no que deu. A Mãe Terra está possessa se vingando de todos nós.

De repente, as pessoas estão urgindo pela natureza, procurando seu centro de gravidade. Os indivíduos querem "se dar um tempo", cada vez mais procuram casas de campo, planejam viagens, querem conquistar algo que não está nas paredes do escritório, que está em algum lugar dentro de cada um de nós.

Em termos musicais, eu diria que temos que botar um pouco de adágio em nossas vidas. Não dá para ficar sempre no *allegro vivace*. E, enquanto ia falando para os amigos essas coisas, fiz soar o adágio do "Concerto para Violino" de Mendelssohn enquanto lhes falava esse memorável poema de Frei Antônio das Chagas:

> Deus pede estrita conta de meu tempo
> forçoso do meu tempo é já dar conta
> Mas como dar sem tempo tanta conta
> eu que gastei sem conta tanto tempo.
>
> Para ter minha conta feita a tempo
> dado me foi tempo e não fiz conta.
> Não quis sobrando tempo fazer conta,
> hoje quero fazer conta e falta tempo.
>
> Oh! vós que tendes tempo sem ter conta
> não gasteis o vosso tempo em fazer conta
> Cuidai enquanto é tempo em fazer conta.
>
> Mas ah! se os que contam com seu tempo,
> fizessem desse tempo alguma conta,
> não chorariam como eu o não ter tempo.

17 de agosto de 2009

Big Brother **mortal**

Vou ter que primeiro reproduzir aqui sinteticamente a notícia: a inglesa Jade Goody, de 27 anos, vai morrer. Mas quer morrer publicamente, na televisão, num imenso *Big Brother*. Está com câncer no útero, tem mais uma ou duas semanas de vida, mas já vendeu o direito de retransmissão de sua morte para a tevê. Aliás, ela havia participado de vários *Big Brothers*, dois na Inglaterra e um na Índia. Notabilizou-se pelas tolices e grosserias que dizia. Isto também dá ibope. Diria, sem querer ofender alguém que está para morrer, que ela não é uma pessoa, é uma "síndrome", a "síndrome *Big Brother*". Ela é a metáfora de uma época, de uma cultura, daquilo que na universidade chamam de "pós-modernidade". Ela quer uma "big morte".

Há uma semana, pré-morrendo, anunciou que a cerimônia de seu casamento com um rapaz de 21 anos, que foi preso por assalto e agressão, será televisionada. Até agora já recolheu 1 milhão de libras (R$ 3,4 milhões) de direitos da divulgação. Industrializando (e perfumando) a própria morte, já lançou uma marca de perfumes. Como está fazendo muita ginástica para ser famosa (e conseguiu), lançou também vídeos de ginástica. Não sei como se chama a série, mas poderia ser: "exercite sua morte". Enfim, a moça morre por dinheiro, morre de vontade de aparecer e já conseguiu acumular uma fortuna de 3,3 milhões de libras (R$ 11 milhões).

Como ela é uma síndrome de nosso tempo, imediatamente apareceram empresas morrendo de vontade de participar de sua morte. Nossa cultura é mesmo uma cultura de morte. A famosa rede de magazines "Harrods" ofereceu a ela um vestido especial, no valor de R$ 12 mil, que tinha uma particularidade: um bolsinho para ela botar todos os remédios que, retardando sua morte, a tornam um símbolo com significados vivos.

Como o noivo dela é um condenado, a noite de núpcias com a morte terá que ser de dia, pois o prisioneiro tem que regressar à cela até as 19 horas.

As pessoas têm direito de fazer o que querem com sua vida e sua morte, e a rigor ninguém teria que se meter nisto. Mas, no caso, Jade expôs com alarde o seu projeto, ela quer mesmo ser vista, comentada e faturar da morte enquanto é tempo. Por isso, me ocorrem algumas correlações. Quem já leu *História da morte no Ocidente*, de Phillipe Aries, lembra como ele estuda a morte seja na Antiguidade, seja na Idade Média. Tem todo um capítulo sobre o espetáculo da morte familiar: chamava-se a família e assistia-se ao progressivo desenlace do enfermo. Era uma morte assistida. Pelos familiares, amigos e o padre. Era uma morte em progresso, as pessoas iam vivendo no outro a sua própria morte.

Hoje a televisão é o sacerdote, e a família é todo mundo. Dá-lhe *Big Brother*!

Uma outra coisa que os estudiosos da morte lembram é o fato de que a cultura americana inventou o embelezamento dos mortos. Tem toda uma indústria de maquiagem, de plástica do morto, para ele ficar bonitinho no caixão com ar refrigerado, televisão, telefone, geladeira etc. Há que embelezar a morte, para fingir que ela é o que não é. Isto tem tudo com a sociedade da aparência, no que os americanos são mestres.

Ora, isto também mudou. A morbidez de nossa cultura (outros vão preferir dizer – o realismo de nossa cultura) agora expõe o doente terminal... que termina ganhando mais dinheiro com seu último espetáculo. O que era o espetáculo da morte no século XVIII, quando os religiosos faziam discursos patéticos e se tornavam mais estrelas que o morto, agora sofreu uma alteração. A morte não é mais um assunto pessoal, como o era ao tempo dos heróis clássicos em que o personagem se retirava para um lugar para morrer sozinho.

A morte, na sociedade de consumo, deve ser pública e notória. Sendo notória, pode render também uma nota.

29 de fevereiro de 2009

Caía a tarde feito um viaduto

Um amigo meu de 84 anos narrou-me, emocionado, que havia acabado de encontrar um almirante de 94 anos numa banca de jornal. E conversaram. Conversaram gostosamente. Ao final, o almirante de 94 anos disse ao meu amigo de 84 anos:

– Que bom te encontrar, até que enfim eu pude conversar com alguém sobre a década de 30!...

Isto tem acontecido comigo nessa maratona por dezenas de cidades relançando *Que país é este?* – livro que remete aos anos 60 e 70, publicado em 1980 e agora reeditado, trinta anos depois.

Falar daquela época é quase falar da Idade Média. Sinto-me falando das capitanias hereditárias. E sucedeu que noutro dia estava em Gravataí, no Rio Grande do Sul, conversando com jovens num amplo auditório do SESC. E pensei: essa meninada não tem a menor noção do que foi a ditadura, do que minha geração teve que passar para que tivessem a liberdade de aqui estar e se manifestar.

E aí aconteceu uma coisa emocionante. Depois de minha fala, debates e perguntas, pediram-me para permanecer no palco à meia-luz, enquanto um conjunto ia cantar músicas que dialogavam com o texto de *Que país é este?*. Mas não eram as letras de rock feitas na raiz daquele poema. Eram músicas de Caetano, Chico e sobretudo de Aldir Blanc e João Bosco.

E, quando a cantora Glau Barros foi cantando *O bêbado e o equilibrista*, eu quase pirei. Já não sei quantas milhares de vezes ouvi essa canção. Mas, desta vez, quase pirei. Começa com aquela metáfora fortíssima: "Caía a tarde feito um viaduto". Meninos, eu vi! Era assim naqueles anos 60 e 70. A tarde, a noite e as manhãs caíam sobre nós como pesados viadutos reais e imaginários. Claro que havia caído no Rio o viaduto Paulo de Frontin, e a isto a música se referia. Mas algo estava desabando dentro de nós. E ali estávamos desnorteados, meio bêbados, como um Carlito e seu chapéu de coco, na corda bamba da repressão.

E a letra do Aldir seguia ora com aquela metáfora patética das nuvens chupando como um mata-borrão o sangue dos torturados, ora tirando efeitos das rimas internas e externas – viaduto/ luto, bordel/aluguel/céu, sufoco/louco/coco – ou fazendo aquela rima ousadíssima, rimar "irmão do Henfil/Brasil/ mãe gentil". Fundia, assim, parodisticamente, o hino nacional com a música popular. E eu tinha acabado de falar aos jovens sobre o Betinho, colega de geração naquela louca Belo Horizonte dos anos 60, do Henfil, meio adolescente, que chamei para fazer charges no *Diário de Minas*... E de muitos outros que sacrificialmente estavam nos versos do meu poema:

> Minha geração se fez de terços e rosários:
> um terço se exilou
> um terço se fuzilou
> um terço desesperou

Eu ouvia a música e pensava: o auditório não sabe, mas estou ouvindo essa música ontem. Estou ouvindo-a há quarenta, cinquenta anos atrás. E cantava para dentro: "sei que essa dor assim pungente não há de ser inutilmente...".

Que coisa doce e terrível voltar a falar, como aquele almirante, da década de 30 ou, como no meu caso, da década de 60.

Parece que foi ontem. Foi. E não foi. Continua sendo.

Nos anos 60 fui parar nos Estados Unidos. E daqueles maravilhosos e desvairados anos na Califórnia, ficam-me uns versos alheios. Os primeiros são de um negro *spiritual*: "Onde estava você quando crucificaram meu Senhor?". Outro é de uma canção popular: "Onde foram parar todas aquelas flores?". Outro é de um verso de Homero na Ilíada: "Que idade tinhas tu, meu querido amigo, quando vieram os persas?".

24 de outubro de 2010

Casa-automóvel

Há algum tempo constatando o tempo que perdia dentro do carro (eu, você, todo mundo) brinquei com a ideia de que deveriam transformar logo o automóvel num escritório ambulante. Sugeri que deveria ter ali uma televisão, deveria ter um computador, uma mesa de trabalho, e, claro, todo carro deveria vir equipado com um telefone.

Quando escrevi isto não havia ainda telefone celular nem o computador portátil tinha ainda virado uma banalidade. Nesse ínterim (quem ainda usa essa palavra?) o trânsito das grandes cidades piorou. Piorou tanto que uma amiga me disse nesses dias que, em Porto Rico, já que o trânsito não anda, é pior que São Paulo (onde lançam nas ruas 800 veículos novos por dia), lá em Porto Rico, as donas de casa estão instalando dentro dos carros torradeiras elétricas para alimentar as crianças e acho que tem até máquina de lavar roupa.

Mal ela me falou isto vejo no *The New York Times* uma matéria sobre os automóveis que vão começar a sair das fábricas brevemente como se fossem já um apartamento sobre rodas. É como se aqueles trailers de viagem que já conhecemos que os americanos usavam para férias virassem rotina, como se os nossos carros urbanos todos virassem trailers. Faz sentido. Já que há pessoas que gastam duas, três, quatro horas só para ir e voltar do trabalho, dentro de uma viatura dessas, por que não reunir ali o escritório e a própria casa?

Há muito tempo que as pessoas começaram a comer dentro dos automóveis, e as lojas de fast-food criaram um sistema só para atender os motoristas sem que saiam do assento. Há muito, aliás, que as pessoas também se comiam eroticamente dentro dos carros. Aquelas imensas limousines de Nova York, dentro e fora dos filmes de gângsters, se transformaram em salas de reuniões e orgias. Agora a indústria automobilística está prometendo expandir a área de lazer com vídeos, música, jogos variados e vão acabar botando um teclado para músicos e, quem sabe, para os intelectuais, até estantes de livros. Nessa linha brevemente vão instalar um banheiro descartável (como nos aviões) e é evidente que pequenos fogões são fáceis de instalar. Talvez demore um pouco para se inserir ali o que Nelson Rodrigues, imaginosamente, dizia existir no carro de alguns ricos executivos – uma cascata com jacarés, mas tudo é possível. "Deixa estar, jacaré", "se você ficar na praça o jacaré te abraça" (quem ainda se lembra dessas expressões?).

Com isto, cada membro da família instalado em seu assento, cercado de áudios e fones, brinquedos e gadgets, será uma ilha. Não precisarão se comunicar entre si (como, aliás, já ocorre) nem terão por que olhar para a paisagem exterior ou interior. Estarão todos sintonizados, sintonizadíssimos em algo que não eles mesmos.

Falei disto mais ou menos brincando, há algum tempo, e agora o que era irônica profecia está virando um fato. Coisas do chamado "progresso vertiginoso", abolindo fronteiras entre realidade e imaginação.

24 de janeiro de 2008

Clarice trinta anos depois

Em 1984 escrevi a crônica "Sete anos sem Clarice" contando umas estorinhas que vivi com ela. Agora em 2007, trinta anos depois de sua morte, vou me lembrando de outros casos. Esta é uma das vantagens de se viver muito, a gente acaba tendo algo que contar.

Conheci-a em Belo Horizonte, creio que em 1962. Eu era estudante de Letras, havia escrito um ensaio sobre ela. Quando ela foi lançar *A maçã no escuro*, na Livraria Francisco Alves, dirigida pelo professor Neif Safady, fui convidado para fazer um discursinho introdutório na sua tarde de autógrafos. Encontrei-a antes no Hotel Normandy. Linda mulher. E forte. E misteriosa.

Depois dos autógrafos, fomos jantar num restaurante chinês perto da Praça Raul Soares. Ivan Ângelo e Mariângela estavam conosco. E como seguíssemos falando sobre *A maçã no escuro*, o garçom, na hora da sobremesa, ouvindo aquela referência interveio: "Perdão, a maçã está escura, mas não está estragada".

Quando mudei-me para o Rio passamos a ter mais contato, pois eu dirigia o Departamento de Letras e Artes, e várias vezes a atraí para congressos, conferências, e até para um curso de criação literária. Quando me casei com Marina, que editava as crônicas dela no *Jornal do Brasil*, conhecemos uma cartomante incrível, lá no Méier, chamada Dona Nadir. Fui falar da cartomante à Clarice e, pronto, ela ficou indócil. Fez-nos prometer que a levaríamos ao Méier. E de fato a pegamos um dia na portaria de seu prédio, no Leme, e fomos ao encontro daquela que acabaria virando personagem de *A hora da estrela*, e, no cinema, seria representada por Fernanda Montenegro. Clarice ficou fã de Dona Nadir, voltou lá várias vezes.

Às vezes tínhamos longas, engraçadas e ociosas conversas ao telefone. E ela tinha coisas insólitas. Um dia me ligou dizendo: "Affonso, não consigo mais escrever. Você que lê e estuda, podia me recomendar coisas e conversar comigo"... Eu ouvindo aquilo e dizendo: "Quequéisso, Clarice! Eu, hein! Te ensinar alguma coisa!...". Tempos depois soube que ela dava esse telefonema para várias pessoas, até para seu cabeleireiro – o Renault – no Copacabana Palace.

Um dia ela se queixou de nunca ter sido convidada para jantar em nossa casa. Explicamos que não a convidávamos por pudor. Mas organizamos o jantar só com pessoas que ela gostaria de ver. Marcamos até um horário mais cedo, como ela pediu. Fui buscá-la, ela chegou, estavam todos lá, os seus amigos. Mas daí a uma meia hora ela disse que estava com dor de cabeça, que queria ir embora. Não teve jeito. Levei-a à sua casa. E as pessoas compreenderam que ela era assim mesmo.

Há um livro de entrevistas que ela fez para a revista *Manchete*, que acaba de sair. Naquela ocasião ela me telefonou e disse que queria me entrevistar, mas queria que eu mesmo me fizesse as perguntas. Fiquei constrangido. Não me entrevistei.

Um ano antes de sua morte, convidou-me a mim e à Marina para entrevistá-la para o Museu da Imagem e do Som. Sabia que não a ameaçávamos, que a protegíamos, que não íamos fazer algo acadêmico. Ela estava alegre e até contou piadas. Hoje essa entrevista está traduzida para outras línguas e é o melhor depoimento sobre sua vida e obra.

Fui visitá-la no Hospital da Lagoa, em 1977, nos seus últimos dias. Depois soube que fui o único homem que ela admitiu que a visitasse. Ali ela diria ao seu médico: "O senhor matou o meu personagem".

Quando dirigi a Biblioteca Nacional e foi divulgado que entre as obras raras da casa havia os pentelhos que D. Pedro I anexara numa carta à Marquesa de Santos, o professor Antonio Salles me contatou revelando que havia recolhido cabelos de Clarice, quando ela, na casa do professor Celso Cunha, instou para lhe cortassem o cabelo igual ao de uma das filhas de Celso. Salles, vendo aquela cena rara, recolheu mexas do cabelo da escritora. E agora os oferecia. Aceitei a oferta. Estão lá na BN. Se um dia a ciência conseguir desvendar o DNA dos gênios, encontrará um bom material nos cabelos de Clarice.

3 de junho de 2007

Como andar no labirinto

Labirintos existiram desde sempre. E hoje estão aí, dentro e fora da internet, nas malhas eletrônicas, no pandemônio das avenidas, galerias e shoppings, na multiplicidade de verdades, produtos, ideologias e religiões que nos oferecem, enfim, vivemos num moderno labirinto, ou, mais que isto, num labirinto a que chamam de pós-moderno, como se um labirinto pudesse ser ainda mais labiríntico.

Vocês se lembram de Teseu. Ele tinha que entrar no labirinto para enfrentar o Minotauro. Mas o problema era duplo, pois vencido o inimigo era preciso achar o caminho da saída. Ora, labirinto existe é para atrapalhar mesmo a caminhada do herói ou viajante. Ou, segundo outra versão mais otimista, o labirinto é a oportunidade de a pessoa se encontrar consigo mesma, com o seu lado Minotauro.

Não há cultura que não tenha construído labirintos. (Pois não dizem que a alma humana é um labirinto?) E desenhando esse emaranhado de entradas e saídas estaríamos dramatizando nossa desamparada situação. Há duas portas: a de entrada, ou vida, e a de saída, a morte. Mas entre uma e outra, que confusão danada cada um apronta. Como a gente fica perdido, batendo com a cabeça nas paredes! "A saída, onde é que está a saída?" – já exclamava o título de uma antiga peça coletiva do Teatro Opinião.

Houve uma época em que italianos, franceses e ingleses se puseram a construir labirintos em torno de seus palácios. Uma coisa curiosa, porque eram ao mesmo tempo labirinto e jardim. Como se fosse possível estar perdido entre flores. Ou entre flores a perdição fosse mais suave.

Já ouvi dizer que a época em que vivemos se caracteriza – vejam só que expressão bonita – por uma arborescência infinita dos saberes. Tantos galhos de conhecimento, que as pessoas acabam se perdendo. Ou seja, um labirinto. O ideal é que essa exuberante árvore do saber nos desse sombra e alimento. Mas está difícil, as pessoas estão perdidas, ramificadas, compartimentadas, alienadas do todo e exiladas no particular. E à sombra da árvore do saber, permanecem ignorantes. E embora ela tenha frutos, continuamos famintos.

Em certas épocas, como no Renascimento, as pessoas tentavam mapear o labirinto, dominavam várias disciplinas e se sentiam menos perdidas. Hoje muita gente se compraz em estar sem rumo, na vertigem do labirinto. As pessoas estão perdidas e estão gostando. Ou, pelo menos, fingem que estão gostando.

Vai ver que o erro da gente é querer sair do labirinto. Não adianta, o labirinto existe. Por isso muita gente sofre de labirintite física e metafísica. O jeito é aprender a andar nele. Deve haver até alguma maneira de iluminar alguns de seus recantos. Ou, como faziam os antigos, um jeito de implantar, de desenhar um jardim dentro e fora do labirinto, de tal forma que nossas dúvidas e perplexidades em forma de arabescos, de volutas e elipses, ao florescerem, tornem mais amenos os nossos descaminhos.

22 de julho de 2007

Complexo de Deus

Deus é uma ideia complexa. Há os que creem que ele é uma criatura que premia os bons e condena os maus, há os que creem que é uma energia que originou o cosmos e há os que, como diz a piada, "são ateus, graças a Deus!".

Mas há os que se consideram Deus. Entre os médicos há a piada: os médicos, em geral, se julgam deuses, mas os cirurgiões têm certeza. Aquele assassino que disparou contra o cartunista Glauco e o filho Raoni estava convencido de ser Deus e queria anunciar isto ao mundo. Anunciou.

Uma vez escrevi uma crônica ("Meu amigo virou Deus") sobre uma estória real que Alberto da Costa e Silva – especialista em África – me contou. Ele teve um amigo que virou Deus. O rapaz estudava em Londres, mas era de uma tribo africana. Um dia recebeu o recado que tinha que voltar para os seus para ser Deus, porque o Deus (chefe e xamã) havia morrido. Largou os livros e virou Deus, e ganhou várias mulheres e outras regalias.

Certas drogas e ideologias (ideologia é uma droga) alucinam. Os revolucionários têm surtos que consideram divinos, mas podem ser diabólicos. Exemplos não faltam.

Acabo de passar diante de uma banca de jornais onde expõem um DVD: *Che, o santo*. Fiquei estarrecido. Parei, fui tocar o objeto. Guevara, para muitos, é santo. Uma heresia, dirão outros de outras religiões que têm lá seus santos, nem tão santos assim.

Lembro-me que quando Prestes morreu começaram a surgir artigos reveladores da canonização dele. Ousei escrever a respeito deste mito nacional: "Os santos erram menos".

Vejo na *Folha de S. Paulo* uma matéria sobre Cuba hoje: "*Paredón* cubano vitimou ao menos 3.820". E acrescenta que "dependendo da fonte, porém, fuzilamentos na ilha desde a instauração do regime castrista podem ter chegado à casa dos 17 mil".

Guevara, "o santo" – com aquele papo de "endurecer sem perder a ternura", disse orgulhoso que participou do fuzilamento de várias pessoas. O revolucionário se julga Deus. Ele decide o destino dos outros, ele sabe para onde a história vai ou deve ir.

Enquanto isso, a mitologia cristã diz que Deus teve um outro tipo de surto, resolveu virar humano, encarnou em Jesus Cristo. Deu no que deu.

Ah, os extremos, os extremos sempre se tocam. Que o digam Deus e o Diabo.

Sou da geração que se encantou com Cuba e Fidel. Mas não sou cego. Estive em Cuba e, entre uma e outra coisa positiva, vi os escombros da utopia. E todos os escritores cubanos que encontrei no exterior me contam coisas deprimentes. No entanto, continuam rolando manifestos pró-Cuba com uma retórica de cinquenta anos atrás. O mundo mudou e só Carolina, Fidel e Raul não viram.

Toda força às "damas de branco" e aos que saem às ruas para protestar em Cuba. Também aos 27 presos políticos que querem abertura e democracia. Penso no contrassenso dos amigos que comigo saíram às ruas e bradaram pela "abertura" aqui nos anos 80 e não querem a mesma abertura em Cuba.

Sob a foto de uma "dama de branco" sendo arrastada durante seu protesto em Havana, leio que quatrocentos partidários do governo gritavam "a rua é de Fidel".

Estranho, pensava que a rua era do povo. E é. Pelo visto isto continua a ser uma ideia perigosa em alguns países e em alguns regimes onde os governantes, se julgando Deus, tentam controlar a história.

1º de abril de 2011

Continuo me maravilhando

Dei para pensar em Marte, nos animais pelas savanas e nas bactérias.

Não deixei de pensar nos temporais e de ler jornais.

Sei que há balas perdidas, candidatos à presidência e que acabaram de lançar o mais avançado dos livros digitais.

Mas tirei algum tempo para ver como os macacos bonobos cobrem suas fêmeas, defendem suas crias e me interesso cada vez mais pelas aves, algumas monógamas, outras que atravessam a cerca da fidelidade e, travessas, realizam sem remorsos seus instintos.

Mas as bactérias não param de me surpreender.

Bactérias, micróbios, seja lá o que for que habita o mundo, para nós, invisível. Outro dia fotografaram as mãos de um menino antes e depois de serem lavadas com sabão. Que imundices aviltantes carregamos em nossas mãos, que remorsos que nenhum detergente limpa em nossas almas.

Não bastava o mundo visível para nos atordoar, eis que, solerte, o mundo invisível nos vem com seus sortilégios.

E o mundo pequeno não para de nos apequenar. Quanto mais o miramos, menores nos sentimos. Vejam essa experiência naquele túnel atômico construído na fronteira da Suíça: explodiram o invisível e descobriram que depois do infinitesimal, outro infinitesimal existe. E o querem amealhar.

Então, solto esta exclamação falsamente sábia, que biblicamente só revela nossas estultícias: "Na verdade, não sabemos nada".

Confessar o nada saber, desde os gregos passou a ser a suprema banalidade. Mas, sabedoria ainda mais atroz, esse artista completo J. W. Solha me revelou num poema, lembrando que Sócrates dizia "Só sei que nada sei", mas um tal Arcesilau foi ainda mais fundo na sua ignóbil sabedoria e disse: "Nem isto eu sei!".

Então, vou ao jardim e, olhando a flor chamada amor-de-homem, que muda de cor três vezes num dia, fico pasmo. Sapos, lagartixas, cupins, carrapatos e o canto de qualquer pássaro, tudo me deixa pasmo.

Ligo a tevê. E o pasmo continua. Não apenas nos programas onde vendem ilusões, doam casa, caminhões, apresentam perucas perfeitas para os envergonhados calvos.

Pois o pasmo (ou maravilhamento?) deste eterno estudante do nada vem agora dos programas da "TV Escola". Ali passam de novo, nas noites de domingo, aquela série do astrônomo Carl Sagan, na qual ele nos explica o inexplicável.

No último programa ele se concentrou em Marte.

Também quero me concentrar em Marte, embora as notícias de fraude aqui e ali, as buzinas nas esquinas e os barulhentos túneis de metrô que constroem aqui ao lado.

Ao que tudo indica, já houve vida em Marte. Há canais por onde devem ter corrido rios. E os cientistas imploram, anseiam por encontrar ali algum micróbio ou bactéria que prometa o recomeço da vida.

Outro dia me encontrei com o nosso astrônomo da Corte, Ronaldo Rogério Mourão Ferreira, e lhe perguntei que fim levou aquela nave que, há trinta anos, desferimos na direção de Urano? Já passou por lá? Por onde vaga como um vaga-lume esse apetrecho humano?

Ele me disse que a sonda ainda manda sinais, mas está perdendo o impulso.

Às vezes também sinto que estou perdendo o impulso. Talvez eu não passe de uma bactéria febril num canto do universo. Mas continuo me maravilhando.

12 de abril de 2010

Conversa com jovens

Que conselhos dar aos jovens? Ou melhor, se lhe convidassem para fazer uma palestra para a meninada entre doze e dezessete anos a respeito da vida e do nosso tempo, o que você diria? Nelson Rodrigues, que gostava de fazer frases de efeito, dizia que devemos aconselhar ao jovem: "envelheça!" – como se isso fosse uma fórmula salvadora. Não é verdade. Muita gente envelhece e não cresce, cria casca e não amadurece.

Digo isto porque nesses dias fui falar para jovens em São Paulo e Minas. Primeiro, lembrei-me da célebre "Oração aos moços", proferida por Ruy Barbosa em 1920 aos formandos de Direito. Fui ler o texto do "Águia de Haia". Quase ilegível hoje. Se espremer sai pouca coisa, além da velha retórica. Lembrei-me também de peças de teatro e romances em que um velho dá conselhos a um jovem que parte para a guerra ou para a vida.

Esses textos não me socorrem. O mundo é outro. Venho do paleolítico, ou seja, do século XX, um período assaz estranho tanto na história do *homo sapiens* quanto na do homem ignorante. E constato que o século XXI, em que essas moças e moços estão, é bem diferente. No meu tempo os jovens eram predominantemente virgens. Achava-se que o mundo era dividido entre esquerda e direita. E pensava-se que a história seguia um rumo determinado. Havia a "guerra fria", não havia internet nem celular. Como diz Rubem Braga, sou do tempo em que telefone era preto e geladeira era branca.

Olho o mundo dos jovens, essa sociedade a que chamam de pós-moderna, sociedade pós-industrial, aldeia global. O que fazer diante do apocalipse desencadeado não pelas armas atômicas, mas pelo derretimento da calota polar, a erupção de vulcões e tsunamis? O que fazer diante das cidades entulhadas de carros, da poluição que sufoca nossos pulmões urbanos? Que fazer da eroticidade perversa e desgovernada despejada em catadupas sobre todos?

Se pudesse fazer alguns alertas ou deixar algumas sinalizações na estrada, eu diria aos jovens, cuidado com algumas palavras como interatividade, transgressão, relativismo, antiarte etc.

Por exemplo:

1. A **interatividade** é formidável, possibilita intercâmbios, mas há o risco do discurso vazio, troca apenas de ruídos, um blá-blá-blá que bloqueia os fones da consciência.

2. A ideologia dominante abomina **hierarquias**. Mas hierarquias podem ser perversas ou construtivas. Não existe sistema sem leis, normas, regras. A pregação da quebra de normas é simplesmente outra norma.

3. Cuidado com o **pensamento relativista**. As coisas não se equivalem. O carbono tem certas propriedades que não são a do fósforo, todo ser humano tem algo pessoal. A voracidade metonímica tenta nos

convencer de que os sujeitos são objetos que podem ser trocados uns pelos outros.

4. Alimentada pelas vanguardas há cem anos, nossa cultura apaixonou-se pela **transgressão**. Já não se trata de transgredir algo, mas de transgredir a transgressão. Isto é um paradoxo. Já se transgrediu tanto, que se poderia fazer um "museu da transgressão" – a transgressão já foi codificada. Antes, erroneamente se dizia: "não transgrida", hoje perversamente se diz: "transgrida"; desse modo quem obedece à ordem de transgredir não está transgredindo, mas obedecendo a ordens.

5. Nos **globalizaram**. Foi ótimo por um lado. Por outro lado, desnorteador. Ganhamos em aproximação com o "outro", o longínquo ficou próximo. Mas o "outro" virou um invasor de nosso espaço econômico, social e subjetivo. Indivíduos e culturas estão se sentindo, de certo modo, desenraizados, uma universalidade aérea, vazia.

6. A **natureza** está cobrando dívidas. Gerações anteriores assinaram cheques em branco sobre o futuro, as riquezas pareciam inesgotáveis. A "mãe natureza" não cobrava nada. Não era verdade: vulcões, tsunamis, secas, degelos e fome nos espreitam. Pela primeira vez todas as populações da terra são responsáveis por tudo. Confirmou-se o principio zen-budista de que o ruflar de asas de uma borboleta no oriente ocasiona uma turbulência no ocidente.

7. A sociedade atual é uma sociedade "matrix". Exuberante. Mistura o **falso e o verdadeiro**, o real e o virtual. Cultiva o "fake" e o "cover". Pior: toma o lixo

por luxo, centraliza contraditoriamente a periferia. Com isto, narciso vive num jogo confuso diante do próprio espelho.

8. Retrato mais sintomático dos nossos paradoxos é a **arte** de nosso tempo: a produção de enigmas vazios, produtos que se gabam de não significarem nada, como se o faminto imaginário humano pudesse se alimentar do vazio e se contentasse com a esterilidade criativa.

Ser jovem nunca foi fácil. E, desde que nos anos 60 instituiu-se o "poder jovem", a coisa tornou-se mais complexa. Estar no poder é coisa de muita responsabilidade. Rimbaud dizia: "não se é sério aos dezessete anos". Será?

Cabe a vocês demonstrar se ele tinha ou não razão.

18 de maio de 2010

Corsários e piratas hoje

Sabia que tem gente gostando daquela pirataria lá na costa da Somália?

Aliás, você sabia que tem gente fazendo teorias culturais para justificar a pirataria na Somália ou qualquer tipo de pirataria em nossa época?

Outro dia caiu-me nas mãos um livro intitulado *TAZ* – que é a sigla de algo que traduzido do inglês para o português é "Zona Autônoma Transitória". Quer dizer, em português seria até o contrário – ZAT. Mas TAZ ou ZAT, o equívoco é o mesmo.

O autor é o americano Peter Lamborn Wilson (1945), que foi piratear seu nome na língua turca, passando a se chamar: Hakim Bey. Em turco, "Hakim" significa "juiz" e Bey é "cavaleiro". Ele andou vivendo pelo Paquistão, Índia, Afeganistão, gosta de Nietzsche, do situacionismo, do anarquismo e do sufismo. Com isto fez uma insossa salada que pode fascinar os incautos que estão estonteados dentro da confusão ideológica da pós-modernidade.

Li o tal livro buscando sabedoria atrás das imensas barbas do autor, mas me frustrei. Vejam, aliás, como ele abre suas páginas falando das "utopias piratas": "Os piratas e corsários do século XVIII montaram uma 'rede de informações' que se estendia sobre o globo. Mesmo sendo primitiva e voltada basicamente para negócios cruéis, a rede funcionava de forma admirável. Era formada por ilhas, esconderijos remotos onde os navios podiam ser abastecidos com água e comida, e os resultados das pilhagens eram trocados por artigos de luxo e de necessidade. Algumas dessas ilhas hospedavam 'comunidades intencionais', minissociedades que conscientemente viviam fora da lei e estavam determinadas a continuar assim, ainda que por uma temporada curta, mas alegre".

Vejam bem. Admite que os piratas exerciam "negócios cruéis", mesmo assim acha "admirável" o que faziam. Vivendo de roubos desfrutavam dos "artigos de luxo" que pilhavam. Assim tocavam a vida aventurosa de forma "alegre" e "fora da lei". Ou seja, é apologia da irresponsabilidade social em função do narcisismo e da alienação. Um louvor ao parasitismo social. Alguém produz e acumula, eu vou lá e desfruto daquilo tudo através da "apropriação".

Hoje se fala tanto de pirataria de CDs, de filmes e de outras obras quanto da pirataria autêntica nos portos e em alto-mar. Essas coisas não estão desconectadas. Há um arco que se articula entre uma coisa e outra passando por vários setores da vida artística, social e econômica nos quais o canibalismo sobre suas várias formas é estimulado. Canibalismo e certas formas de parasitismo biológico, econômico e social.

Há uma ideia daninha na ideologia da pirataria que se pensa um "enclave livre", julgando ser "ilhas na rede" e algo totalmente "autônomo". Autônomo, como, cara pálida? Hoje mais que nunca a autonomia foi pro brejo. Não é com delírios pretensamente líricos que vamos restaurar nossa identidade. Hoje a coisa se tornou muito mais complexa.

Os mecanismos messiânicos e utópicos de ontem não podem ser transpostos para a atual realidade. E alguém pode, com razão, aumentando a complexidade da discussão, dizer: hoje a pirataria faz parte do sistema. E não sou eu quem vai negar. Vejam os piratas no nosso Congresso.

Ainda outro dia alguém me advertia que, no entanto, há uma diferença entre "corsário" e "pirata". O corsário (nos séculos XVIII e XIX, por exemplo) estava a serviço de potências (como a Inglaterra, a França). Era como se alguns governos terceirizassem a violência e legalizassem o saque. Já os "piratas" agiam mais por conta própria, são freelancers. Dizem alguns que diante das marés da vida, os piratas ou viram corsários ou se dão mal. Pirata independente não tem futuro. Em outro nível os filmes sobre drogas, máfia mostram que todo aquele que pensa agir sozinho é logo punido pela "família".

A situação, portanto, complicou-se enormemente.

Se todo mundo virasse pirata a quem iríamos piratear? Voltaríamos à "horda primitiva"?

De uma coisa estou certo: não é louvando a pirataria que vamos explicar e domesticar os piratas.

12 de maio de 2009

Elisa e o acorde demoníaco

Desde que ouvi falar de "acorde demoníaco" fiquei intrigado. Sei que o pessoal do heavy metal faz uma barulheira infernal, que a dissonância foi oficializada, que o mundo está mais para ruído do que para harmonia, mas precisava entender isto melhor. Há alguns anos, Denise Godoy, que trabalha com música e poesia, lá em Goiânia, deu-me, por escrito, uma explicação bem didática. Mas precisava ouvir. Então, há algum tempo, tive a chance de conhecer Elisa Freixo – organista da Sé de Mariana, formada na Europa que, por sua vez, já formou vários organistas, a maioria se dando bem fora do Brasil.

Na ocasião, ela havia me presenteado, e a uns poucos amigos, com um concerto exclusivo, à meia-noite, naquele templo barroco. Há alguns momentos de perfeição na vida que nenhum demônio pode penetrar.

Há alguns meses voltei a Ouro Preto e Mariana. Penetrei na casa-museu de Elisa, onde ela reúne diversos e preciosos instrumentos antigos como espinetas, o virginal, o fortepiano e o clavicórdio, avôs e bisavôs do piano. É um paraíso musical. Ali até o demônio tem que ficar acorde. Elisa ia de instrumento para instrumento me explicando. Começou, aliás, com o monocórdio, inventado por Pitágoras. Os gregos já sabiam de tudo. Somos apenas um apêndice à sabedoria deles. Fui então entendendo o que a Igreja antigamente chamava de *diabolus in musica* – um tipo de intervalo dissonante, que realmente causa atrito ao ouvido.

Voltei de novo a Ouro Preto e Mariana para o Fórum das Letras organizado pela seráfica Guiomar de Grammont. E de novo a alma se espraiou nas volutas harmônicas inacessíveis aos demônios. Em novo concerto exclusivo no qual estávamos alguns amigos, aureolada de harmonias, Elisa ia nos explicando as peças barrocas que tocava. E nos mostrou, em minúcias, como funciona aquele majestoso órgão Arp Schnitzer instalado ali em 1753. Num lugar longe da vista, estão os foles antigos acionados que podem ser acionados pelos pés de uma pessoa ou, modernamente, por uma máquina; é o pulmão do órgão. Todo o instrumento parece-se a um dragão soltando labaredas sonoras nas abóbadas. (Só fiquei humilhado ao saber que enquanto o Brasil tem vinte desses instrumentos vindos na época colonial, o México possui oitocentos.) Elisa e aquele órgão são a mesma pessoa. Ela dialoga amorosamente com ele e chega bem antes dos concertos para amansá-lo e amansar-se.

À noite, outro concerto de cravo lá no Museu do Oratório, da também angelical Ângela Gutierrez. E vou vendo e ouvindo Elisa, uma pessoa/vida toda consagrada à música. Ela poderia ir viver bem no exterior, mas ali está, em Mariana e Ouro Preto penando na procura de uma casa definitiva para seu museu-escola.

Elisa é um luxo. Quando começa a tocar ou a falar sobre música, transcende. E quando caminha sobre aquelas pedras coloniais e passa diante daquelas fachadas, na verdade, está levitando com Bach, Buxtehude e Haendel.

Olhando os jornais, os tiroteios e desastres cotidianos, constata-se que o demônio não precisa de ajuda, já tem muita gente do seu lado no desconcerto do mundo.

É inadiável fortalecer os acordes harmoniosos da vida.

18 de novembro de 2007

Enchendo a marmita

O policial estacionou a viatura (e esta cena já vi acontecer em vários restaurantes do país), ele a estacionou e o colega saiu com uma sacola de plástico contendo alguma coisa. Olhei aquilo e pensei, será? Será que estou vendo de novo a mesma cena que um dia testemunhei em Natal?

Era.

O policial seguiu por uma lateral qualquer do lado de fora da churrascaria e desapareceu. Tinha ido diretamente à cozinha. Voltou daí a uns quinze minutos, sorrindo satisfeito: as marmitas (deviam ser umas cinco) estavam repletas. Ligaram o carro e se mandaram.

Fiz um sinal para que o chefe dos garçons viesse à minha mesa e lhe perguntei:

– Estão levando comida, não é?
– Ah, sim.
– E isso é todo dia?
– É, todo o dia.
– Quantas vezes?
– Três vezes, pelo menos.
– Que prejuízo, hein?
– É isso aí. Que fazer?
– Será que levam para outros policiais do posto?

– Talvez, o fato é que pegam não só daqui, mas de mais quatro restaurantes aqui perto.

– Quer dizer que podem variar o cardápio de graça?

(O garçom ri e olha pra cima ironicamente.)

– E como é que eles fazem ou como é que fizeram a primeira abordagem para iniciarem essa pilhagem?

– Sabe como é, chegam com um papo de "segurança", olha estamos aqui pela área, a gente tá de olho protegendo vocês...

Suspirei fundo umas três vezes enquanto minha espezinhada alma de cidadão tentava digerir a refeição e essa mesquinha realidade.

Quando estive em Natal vi cena semelhante, mas o achaque ou a chantagem ou o butim eram maiores. Durante o tempo em que estive jantando, pelo menos umas seis viaturas pararam diante do restaurante. A princípio pensei que os homens da lei paravam para fazer pipi, beber alguma água. Santa ingenuidade deste Sant'Anna. Olha, vou lhes dizer, a quantidade de comida que saía dava para abastecer um quartel. Não sei como o restaurante não falia.

Pelo visto, este é um sistema generalizado. Vai ver que esses policiais se dão também o direito de chegar ao açougue mais adiante e "pedir" um quilo de filé, entrar na padaria e "comprar" pão e queijo, encarar o farmacêutico e "aviar" seus comprimidos de graça.

Será que na França, Espanha e Inglaterra é assim?

Estou cansado de ver filmes como esse *Os infiltrados*, retratando uma situação americana, no qual a máfia chega aos balcões das lojas e exige dinheiro por proteção, caso contrário, quebram tudo.

Acho que o tecido social está mesmo necrosado. Sempre foi necrosado. Num plano internacional a camarilha de Bush divide a pilhagem do petróleo iraquiano. Os americanos estão indo lá pegar a marmita deles.

E que marmita!

24 de janeiro de 2007

Entre o mar e o deserto

A televisão mostrou as areias de uma praia nordestina sepultando jardins e casas que haviam avançado sobre seus domínios.

É a vingança da natureza.

Na África, também no deserto, fizeram uma descoberta impressionante: começam a achar, sepultado debaixo da areia, o exército de 50 mil guerreiros de Cambises II, rei persa que viveu quinhentos anos antes de Cristo.

É a natureza sepultando a arrogância imperial de um tirano.

O deserto vive dando lições aos humanos, que não aprendem.

Uma vez estava cruzando o deserto do Marrocos e num certo ponto nos advertiram que foi por ali que D. Sebastião conduziu todo seu exército e a nobreza portuguesa para uma morte estúpida.

Não foi só ele. Ali travou-se uma batalha na qual os três reis que comandavam os três exércitos inimigos pereceram. Um dia ainda vou fazer um roteiro sobre isto, vender para Hollywood e ficar rico.

As areias e o deserto africano continuam me perseguindo. Ligo a televisão e nas rememorações do princípio da Segunda Guerra Mundial, vejo filmes sobre as tropas nazistas se batendo contra as tropas inglesas, nos desertos do norte da África.

Vou assistir à versão cinematográfica de *Aida*, de Verdi, nessa programação do Metropolitan em nossos cinemas e, de novo, lá vem guerra, areia, poder e sangue. Era a guerra do Egito contra a Etiópia. O impossível amor de Radamés – guerreiro egípcio – pela escrava etíope Aida.

Tal ópera, como todos vocês sabem, foi encomendada a Verdi para celebrar a abertura do canal de Suez (1871). Um portentoso espetáculo, que não foi bem recebido na ocasião, pois a obra se arrasta um pouco.

Por coincidência – esticando o arenoso campo semântico desta crônica –, minha mulher, que nasceu na Eritreia, quando a Eritreia e a Etiópia eram uma coisa só, acaba de escrever um livro de memórias contando suas vivências da guerra na Eritreia, na Líbia e na Itália.

Deserto.

Natureza.

Guerra.

Homens.

E começa a reunião em Copenhague para decidir se vamos mesmo transformar a Terra num deserto, num deserto mais desértico do que o atual. Não falta muito. Já começam algumas medidas paliativas, como se o fim fosse inevitável. As obras em torno do cais do porto, no Rio, por exemplo, já vão levar em conta que o oceano vai subir, então projetam novos alicerces para prédios novos.

Não é de hoje que o sertão vai virar mar e o mar virar sertão. Há uns meses estava eu ali naqueles condomínios perto de Belo Horizonte e um geólogo me mostrou que parte daquele solo estava cheio de conchas marinhas. Aquilo já tinha sido mar.

Aliás, acabaram de descobrir um esqueleto de jacaré no Saara. Aquilo também já foi mar.

Não é de hoje que o sertão vira mar e o mar vira sertão, como queria o Antônio Conselheiro e como cantava Sérgio Ricardo em *Deus e o Diabo na Terra do Sol*.

A gente lê sobre as propostas que os governantes estão levando a essa reunião na Dinamarca e tem a impressão de que estão apenas retardando um fim inevitável. Uns ficam contentes que o mundo acabe em 2050, outros acham melhor deixar para 2080.

Com isto, já me surpreendi repetindo um ritual que é despedir-me todos os dias da natureza. Aprendi a olhar as coisas como se fosse a última vez. Todo olhar passou a ser um adeus.

Enquanto isso os exércitos caminham para o deserto para o combate fatal.

28 de março de 2011

Esses animais em torno

Ali, defronte à Pousada da Ponte, em Tiradentes, o menino abusava; chicoteava um cavalo, e eu, já não aguentando mais, disse: "Olha aí, cara, você sabia que cavalo também é gente?". E ele me olhando espantado, como se isso fosse uma revelação ameaçadora: "É, ele é gente igual a você. Vê se trata dele melhor; ele não é seu? Pense que ele é seu irmão, ou você mesmo".

E fui pensando: para que chicotear o desvalido animal? Para que esporeá-lo, assim inutilmente, a não ser para exercer a força e o poder diante de um ser tangido obrigatoriamente à obediência? A rigor, não é de hoje que os animais me comovem. E salta na memória meu pai discutindo com um carroceiro que chicoteava sadicamente um burro diante de nossa casa, desnecessariamente. O olhar pânico do animal que não entendia nada do que estava acontecendo, e agitava o pescoço, tisnava as ferraduras nas pedras, erguia o corpo, se esfalfava por sair do lugar e daquela situação desesperadamente.

Meu pai deve ter dito ao carroceiro o que eu disse ao menino, ou melhor, eu disse ao menino em Tiradentes o que meu pai disse ao carroceiro em Juiz de Fora, que o burro é gente. Lembro-me que meu pai invocava a Sociedade Protetora aos Animais, e foi a primeira vez que ouvi falar nisto. O carroceiro certamente não sabia o que era aquilo, ele que era um animal igualmente sem proteção de qualquer sindicato ou lei, com um sistema que também o chicoteava todos os dias, logo que a luz do sol lhe punha os arreios do trabalho.

O fato é que estou ficando cada vez mais sensível aos animais, e possivelmente a mim mesmo. Não bastassem os cães, preocupo-me até com a vida das formigas andando na pia, e se uma barata aparecer colho-a dentro de um jornal e jogo pela janela; esmagá-la, jamais. Essa coisa de animais, plantas e até mesmo as pedras, tudo tem vida. Há pouco li que um estudante de biologia em Porto Alegre se recusou a matar as cobaias, alegando que aquelas experiências podem ser feitas no computador e que ele estudava para ajudar e não para matar animais. Impetrou uma liminar e levou para casa três lindas cobaias que iam ser sacrificadas.

Outro dia, lá no Egito, passei por sofrimento pior que aquele lá em Tiradentes. Dezenas de charretes conduziam centenas de turistas para a localidade onde estava o gigantesco "obelisco inacabado". Algumas charretes eram bonitas, bem tratadas, alguns burros também. Mas quando começávamos a subir uma estrada e a besta se esforçando, suando para nos transportar, o dono da charrete começou a chicoteá-la. Cada chicotada batia era no meu lombo. Eu quase descendo para botar os arreios e ajudar o bicho a subir a ladeira. Ou quase pegando o carroceiro, botando os arreios nele, e fazendo-o puxar a charrete, agora comandada pelo burro.

Não dá para defender os excluídos e os miseráveis e continuar a maltratar a natureza e os animais.

Outro dia, quando estava em São João del Rei, altas horas da noite, quando todos os bares e restaurantes se fechavam, passou por mim um cão, um cão vagamundo-vagabundo. Não sei por que lembrei-me de um verso de Paulo Mendes Campos em que recordava o tempo em que ele, como o cão metafísico, gania para a eternidade. Meu Deus! Cada vez estou mais próximo dos animais e de São Francisco! Olho o meu irmão cão, sinto um dor canina atravessar-me os ossos no frio da noite mineira. Esse cão andarilho na noite deve ser eu mesmo. Ele é meu duplo, ou melhor, o meu uno.

Para onde está indo esse cão? Paro de prestar atenção na conversa de fim de noite na calçada. Eu o contemplo enquanto ele olha algo longe, algo longínquo além daquela praça. Procura. Como que antenando algo, ele fareja o infinito. E, de repente, sai andando como se soubesse para onde ir, e o que buscar dentro da escura noite.

Que nem eu.

10 de julho de 2007

Estava ali em Brasília...

Aconteceu de eu estar ali em Brasília no dia de sua inauguração, naquele 21 de abril de 1960. Azares da sorte ou sorte entre azares?

Aconteceu de eu estar em alguns lugares quando a História ia por ali passando. Então eu pegava o bonde da história e ia me historiando. Seja como for, há várias teorias a este respeito. Às vezes acho que a história passa onde estou, às vezes acho que eu é que vou atrás dela, mas penso também que eu é que vivo inventando a história.

Já lhes falei que estava em Moscou no dia em que a União Soviética acabou. Não, eu não estava naquela praia quando Cabral desembarcou na Bahia. Perdi também o enforcamento de Tiradentes naquele outro 21 de abril de 1792, mas estava zanzando por aí com a mesma angústia de vocês quando, naquele outro 21 de abril de 1985, Tancredo se foi.

Sempre que vou à Brasília, digo ao chofer ou a quem me convidou: "Sabe que eu vi esta cidade sair do chão?!". Digo isto e fico esperando pelo espanto do outro. Às vezes, o outro apenas pensa: "Puxa que sujeito antigo". E, se ele não se espanta, me espanto eu de ver o sortilégio que é a mistura de ontem & hoje.

Naquele 21 de abril, tudo era um frenesi só. Desde a véspera. Aliás, desde que JK lançou a pedra fundamental da cidade, Brasília era uma esperançosa agitação de desejos. O Madrigal Renascentista regido pelo Isaac Karabtchevsky já estava ali desde a véspera ensaiando com outros músicos que vieram de São Paulo. Íamos cantar a "Missa da Coroação", de Mozart. Nada mais apropriado para a coroação épica da nova capital.

Tudo era trepidação de almas e máquinas. A cidade não estava pronta. Se não existe cidade pronta, faltava àquela os acabamentos inaugurais. Por toda parte tratores ainda terminavam aterros, pinturas de paredes e ruas se faziam. Erguia-se um cenário, uma Hollywood arquitetônica e urbanística. Os garçons do hotel eram improvisados. Eram candangos que haviam chegado do sertão e não sabiam o que fazer dentro daqueles uniformes nem sabiam servir a mesa. Havia algo de faroeste nos acampamentos de engenheiros e operários. Rolava de tudo: bebida, cansaço e esperança.

Cenas várias surgem recortadas na memória. Do Catetinho, onde morava Israel Pinheiro, com ele fomos conhecer as hortas que seriam o cinturão verde da cidade. Fomos ver a construção da barragem do grande lago. Cantamos em cima de prédios em construção. Cantamos para presidentes que lá iam durante a construção. Já lhes disse, cantei para Einsenhower e me esqueci de botar isto no meu currículo. Quando JK fez aniversário abriu os portões do Palácio para a multidão. E, enquanto a Lucia Godoy cantava "E a ti flor do céu", ele tirava os sapatos para relaxar a alma e os pés.

Chegou a esplendorosa hora noturna da inauguração. A multidão na Praça dos Três Poderes, e nós, coro e orquestra, empoleirados com smoking e roupa de gala, numa arquibancada sob as arcadas do Supremo Tribunal Federal. Chega JK, saudado pela multidão, seguido por Jango, sempre mancando um pouco. Fogos de artifício, hino nacional e lá estavam os cardeais, os generais, toda a corte e dignitários nacionais e estrangeiros.

Era bom, e quase sublime, ser brasileiro naquele instante.

Soam os acordes de Mozart: *santus! gloria in excelsis! laudamos te! kirie eleison*! bendito aquele que vem em nome do Senhor...

Éramos felizes, e o sabíamos. Daí a uns meses iam eleger outro presidente, isto era normal dentro da democracia, pensávamos. JK certamente voltaria em 1965 e o Brasil ia partir para um novo arranco em direção ao futuro.

JK não voltou.

Nem em 1965, nem nunca mais.

28 de maio de 2011

Foucault no meio do tiroteio

Minha empregada telefona em pânico dizendo que está presa no meio de um tiroteio.

Estou no meu escritório relendo *A palavra e as coisas*, de Michel Foucault.

"Que coisa!" são as primeiras palavras que me escapam.

Ela está presa no túnel Santa Bárbara.

Barbaridade!

Traficantes de outro morro querem tomar o Morro da Mineira. "Oh! Oh! Oh! Minas Gerais" – diriam Jota Dângelo e Jonas Bloch, há quarenta anos. Morro de medo. Vivo e morro com outros que morrem. Vivo traficando significados que não são meus.

Sigo com minhas coisas e palavras lendo Foucault. Agora é o marido da empregada que liga atônito. Segundo suas palavras, quer ir lá e se meter nas coisas, salvar a mulher.

A coisa. "Que tristes as coisas quando consideradas sem ênfase" – dizia Drummond. Com ênfase ou não, a coisa está preta. As palavras, é claro, deveriam esclarecer as coisas. Foucault, em pleno tiroteio, segue me dizendo que o que existe, há muito, é a "crise da representação".

A empregada, representando seu papel, chora ao telefone: "Tá um tiroteio danado por aqui, seu Affonso!

(Choro). Polícia, bandido, ninguém se entende, seu Affonso (Choro)". São suas palavras. E as nossas coisas. O carnaval, a bossa e o tiroteio são coisas nossas, são nossas coisas.

Tento acalmá-la enquanto pulo para o capítulo final do livro de Foucault para ver como os "saberes", depois da nova "episteme", podem nos socorrer.

– Está dando na televisão, direto.

– O quê?

– Os trinta e tantos mortos no massacre na Universidade da Virgínia?

– Isto não pode estar acontecendo! Não acredito! O que isto representa?

– "Isto não é um cachimbo" – volta Foucault me alertando enquanto me faz encarar o quadro de Magritte onde um cachimbo está desenhado e embaixo escrito: "Isto não é um cachimbo".

Claro que não é um cachimbo, cara! Basta ver, é apenas representação do cachimbo.

– Olha o tiroteio está já dando na televisão.

Mas Foucault contra-ataca: desde Velasquez com aquele quadro *As meninas* que estamos num jogo de espelhos, representando a representação, vendo televisão. É tudo ficção, a tela é a tela da televisão.

– Quem é o autor do ataque ao Morro da Mineira?

Foucault me puxa a orelha e diz que não existe mais "autor", que nosso tempo assistiu à "morte do autor". Procuro nos jornais: o autor foi assassinado ontem às 3h da tarde por uma bala perdida junto da favela dos Macacos. Portanto, o homem não veio do macaco.

Enfim, entendo por que o líder do grupo de atacantes foi libertado pela própria polícia no dia seguinte. Ele não é o autor do ataque, segundo os mais respeitáveis filósofos da pós-modernidade, já não existe mais autor.

– Como prender alguém que não existe? Como deter alguém com tal bibliografia ou imunidade?

A autoridade policial não pode prender o autor porque o autor não existe. Aliás, a autoridade policial, já que não existe mais autoria, está desautorizada.

O autor é apenas uma "função".

E qual a função da polícia?

Pode uma função prender outra função? Funciona?

O autor do ataque, como não é autor de nada, foi solto.

O policial que foi preso por não prender o autor do ataque, foi solto, é um significante vazio.

E, sem autor, em meio a esse tiroteio de palavras, me pergunto: quem está assinando esta minha crônica?

25 de abril de 2007

Geração "tipo assim"

Para quem, *tipo assim*, não está entendendo a cabeça da galera entre quinze e dezenove anos hoje, o jeito, *tipo assim*, é ler o livro *Noites nômades* (Editora Rocco), de Maria Isabel Mendes de Almeida e Kátia Maria de Almeida Tracy. É um livro *tipo assim*, legal, a *geral, pô, tá toda lá, saqualé*?

Falando sério, *tipo assim*, linguagem de quem já passou daquela idade: essa meninada que aí está é outra tribo. Tem seus códigos e sua linguagem. E o cuidadoso trabalho de socioantropologia urbana feito por aquelas duas professoras pode informar aos pais, tios e avós sobre muita coisa que eles nem sonham que seus filhotes pensam e fazem na *night*.

Nossos pais namoravam na janela ou no portão pedindo permissão para se corresponderem e só podiam (talvez) dar o primeiro beijo depois de noivos. Nós viemos da geração da pílula anticoncepcional e vivemos a angustiante e heroica passagem para a liberação sexual.

O que dizer diante dessa meninada, cujo esporte erótico-juvenil é beijar quinze a vinte pessoas numa mesma noite, sem ao menos saber quem são elas? Como diz Wagner, um desses garotos: "Mudou muito hoje em dia. A menina, por exemplo, sai à noite já pensando: 'hoje vou beijar uns cinco caras'. Aposta com as amigas, aí beija e vai embora, é só uns beijos. E no final da noite ainda fica comentando: beijei cinco, beijei seis, não sei o quê. A cabeça feminina evoluiu muito, hoje em dia as meninas estão com a cabeça de homem".

Será? Diz um menino: "Pô, pegou quantas, e tal? Eu peguei três, fulano pegou duas. Aí, num feriado em Búzios, pegou quantas? Eu peguei quinze, peguei vinte. É tipo totalmente diferente. São galinhas mesmo, galinhas e fazem corrida. Corrida é quem pega mais mulher".

Desconfio que isto não seja apenas aqui no Rio. Seria diferente no resto do mundo? As pesquisadoras introduziram-se, auxiliadas por pessoas também mais jovens, em alguns grupos da noite carioca entrevistando e gravando depoimentos. A primeira coisa a se observar é que a garotada não está indo a um lugar determinado, como as gerações anteriores faziam indo, por exemplo, a um baile, a um clube, a uma boate. Eles estão simplesmente se movimentando daqui para ali, sem destino determinado. Por isso, preferem estacionar em lugares ou não lugares insólitos. A *night* é o espaço da circulação. E o automóvel é o veículo de ligação. Muitos passam a noite praticamente dentro do carro. Ninguém está indo, todo mundo está em trânsito e tomando um pouco de *gummy*, que é vodca misturada com suco de fruta ou, então, alguma droga, quando, então, trânsito & transe se misturam. Como se fossem aves migratórias alçam asas sucessivamente de uma boate, de um bar e vão pousar noutro ajuntamento ou acostamentos, ilhas, viadutos, enfim, em não lugares.

Capítulo especial nisto é o papel do celular. Todo mundo ligado se falando querendo saber onde é que a onda está melhor. Falar-falar-falar no celular dá uma noção de estar ligado, conectado com algo fora deles.

Assim como não estão fixos em lugares, não se fixam nas relações. E o *ficar* tem três gradações. *Ficar* simplesmente é ir logo beijando o quanto puder. *Ficar-ficando* é já ir selecionando, um quase-namoro. Já namoro é namoro mesmo.

O mais sintomático, dizem as analistas, é que essa beijação e esfregação à luz de todos é feita, às vezes, com olhos abertos e como se fosse uma *performance* para seduzir os próximos que observam e aguardam a vez. Não é nada pessoal. É representação no espelho social.

Nos bares e boates há lugares mais propícios para *zoar*, como a proximidade do banheiro feminino. Fica-se ali azarando as meninas. E existe uma espécie de campeonato e celebração da quantidade de beijos conseguidos. A galera de cada lado comemora os beijos dados por cada grupo. Às vezes, pode rolar sexo depois de muita azaração e beijo, mas o que interessa é o frenesi da representação pública.

Diz um desses garotos: "É tu chegar com um monte de amigo teu e um ficar *pegando* mais mulher que o outro. É competição. É, eu tenho amigo meu que a gente saía pra pegar mulher feia também, aí, *tipo assim*, tinha uns seis. Era um de cada vez, *saquolé*? Os outros é que escolhiam a mulher pro cara: 'Aí, tem que pegar aquela'".

Devo confessar que lendo esse livro em que estão os diálogos num dialeto meio troglodita, restrito a cinco ou seis palavras, fiquei com pena dessa meninada. Pareceram-me sintoma disso que se chama de sociedade pós-moderna, na qual as pessoas são objetos que se trocam como moeda. E moeda sem valor. Não sabem de onde estão vindo nem para onde vão. Só o trajeto, a performance, o corpo malhado em exibição interessam. Comunicam-se o tempo todo e não têm nada a dizer. Não descobriram ainda o tempo, vivem na superficialidade do espaço. São o fruto da sociedade de mercado, da globalização, dessa cultura narcísica voltada para a aparência sem qualquer projeto histórico. São chamados de nômades. Um nomadismo vazio, pois os nômades originais pelo menos sabiam garantir a própria sobrevivência.

De resto, estou me esforçando por acreditar que existem outras tribos jovens além dessas. Caso contrário...

27 de dezembro de 2006

Geração "nem-nem"

Ia passando por uma banca e vi na capa do jornal espanhol *El País* esta chamada: "Generación 'ni-ni': ni trabaja, ni estudia".

Tive que parar para ler: "Geração nem-nem: nem trabalha nem estuda". Lá na Espanha, "ni-ni", aqui, e em português, "nem-nem". E claro, esse "nem-nem" soa até melhor em nossa língua, pois lembra "neném".

Estamos formando uma geração de "nenéns", de bebezões, que, como diz aquela expressão pitoresca: "não estão nem aí". Quer dizer, "não estão nem aí", mas estão na casa dos pais e avós mamando como bebês, mesmo depois dos trinta anos.

Alarmados com o resultado de uma pesquisa, sociólogos, psicólogos e administradores tentam analisar o fenômeno. Antigamente, dizem eles, os jovens tinham um "projeto". Um adulto se aproximava de um adolescente e indagava "o que você vai ser?". Hoje essa pergunta cai num vazio, numa situação embaraçosa. É como se fosse uma pergunta fora do lugar. E, fazendo uma *mea culpa*, os mais velhos reconhecem que o futuro está incerto para todos. Todos os dias os jornais dizem que o mundo já está acabando, que daqui a cinquenta anos bye-bye... será a terra devastada. Nós os mais velhos até dizemos: "ainda bem que eu não vou estar aqui", e sentimos pena dos filhos e netos.

A situação na Espanha, de certa forma, é diferente da nossa. Lá a crise de empregos é compensada por um assistencialismo oferecido pelo governo. Assistencialismo que, por um lado, é bom e legítimo, mas por outro lado, conduz à inércia, ao conformismo, como se o governo tivesse sempre que botar a mamadeira na boca do cidadão.

Aqui, essa coisa de "bolsa" que começa com a "família" e vai até a "bolsa ditadura" está levando a muitas distorções. Mas pelo menos o país ainda tem por onde se expandir, e o mercado interno tem crescido e nos salvado de uma crise pior.

Leio nessa reportagem no *El País* que 54% dos espanhóis entre 18 e 34 anos não têm projetos nem ilusões. Só 40% dos universitários estudam o que querem. Leio e fico pasmo. Minha geração, formada durante o período desenvolvimentista de Juscelino saía da universidade já empregada. Isto era "natural". Ou seja, era como era a natureza naquele tempo. Assim como a "cadeia ecológica" não havia sido quebrada, não se falava em poluição, camada de ozônio, extinção dos ursos e corais, tudo na sociedade era natural, orgânico e consequente. Diploma era igual a emprego. E os sem-diploma só não arranjavam emprego se não quisessem.

O diagnóstico diz que os rapazes e moças hoje não querem crescer, pois "as vantagens de ser jovem numa sociedade mais rica e tecnológica, mais democrática e tolerante, contrastam com as dificuldades crescentes para emancipar-se e desenvolver um projeto vital de futuro". Isto leva a existência interessada no "presenteísmo" no "aqui e agora". Há, por outro lado, uma crise de identidade. Alterou-se o conceito de família, de classe social, a religião perdeu sua força e nas cidades há uma falta de "pertencimento", os indivíduos se sentem soltos, sem raízes, sem compromissos. Não estranha que as drogas tenham prosperado tanto. Não estranha também que tenha prosperado uma mídia que valoriza cada vez mais a leviandade, a pornografia e louva o sucesso fácil a partir da aparência e não do conteúdo.

Nunca foi fácil ser jovem. Nem velho. Nem criança. Nunca foi fácil viver, a não ser para os irresponsáveis. Mas nossa época criou uma cultura própria que tem que ser analisada criticamente. Diante desta situação há duas possibilidades. A primeira é analisar o caos e procurar saídas. A segunda é ficar como aqueles passageiros e comandantes do Titanic, que, ao invés de tomarem alguma atitude, continuaram alienados e festivos enquanto o navio navegava para a grande catástrofe.

2 de julho de 2009

Helena, há oitenta anos

Há alguma vantagem em ter "certa idade". Você não maneja o Twitter como um adolescente, mas pode dizer: "Eu conheci Helena Antipoff". E isto não é pouca coisa. A idade também é uma tecnologia.

E acabo de descobrir que 2009 tem alguma coisa a ver com 1929. Não, eu não havia nascido ainda, mas foi em 1929, há oitenta anos, que Helena Antipoff aceitou o convite para trocar Genebra, onde trabalhava com Edouard Claparede, por Belo Horizonte. Ela podia ter ido para o Egito, onde também a queriam. Mas aceitou o chamado do governo Antonio Carlos, e o ensino em Minas nunca mais foi o mesmo.

Estou lendo uma "entrevista virtual" com Helena Antipoff, que Rogério Alvarenga fez extraindo suas palavras de livros e entrevistas. Vou lhes garantir uma coisa: se alguém se dispusesse a fazer uma biografia detalhada dessa russa excepcional, uma biografia minuciosa como essa que Benjamin Moser fez de outra russa – Clarice Lispector – e que acaba de lançar nos Estados Unidos com grande êxito; se alguém recuperasse num livro a vida épica, dramática, lírica e exemplar de Helena Antipoff, teríamos o roteiro de magnífico filme que retraçaria também a própria história do século XX: Rússia, Europa e Brasil. Mãos à obra, roteiristas de Minas!

Aí está a história de seu pai – general do czar Nicolau II, primeiro aluno da Academia Militar, mas que acabou consertador de sapatos num lugar qualquer da Rússia. Aí está narrada a trajetória da jovem Helena, que tendo ido estudar em Paris, na Sorbonne, largou tudo para ir procurar seu pai caído em desgraça no caos revolucionário soviético. (Isto é mais emocionante que o cinematográfico *O resgate do soldado Ryan*.) Aí estão também as peripécias para salvar e manter seu marido, Victor, perseguido pelo governo e exilado em Berlim. Aí está narrado o período de fome e miséria quando Daniel – o filho de Helena com Victor – foi exposto na Escola de Medicina russa como exemplo de raquitismo.

E, no entanto, essa mulher excepcional, em plena tragédia do comunismo russo, consegue iniciar seu trabalho de educação de "delinquentes", como eram chamados jovens perdidos nos bosques "tosquiados como cordeiros". "É difícil imaginar o que passei no período de 1917 a 1921" – diz ela – "Catavam-se resinas de árvore para saciar a fome. Armadilhas para pegar algum coelho". É difícil imaginar, penso eu, que intelectuais no mundo inteiro tenham, no século XX, se iludido com a tragédia soviética. Vão dizer, o regime do Czar era um horror. Mas não se combate um horror com outro horror, ou: um erro com outro erro.

E Helena chega a Minas. Aqui um outro capítulo dessa vida romanceira, do mar Báltico a Ibirité. Uma geração privilegiada a espera e ela vai citando Marques Lisboa, Jeane Middle, Alda Lodi, Arduíno Bolívar, José Lourenço, Alaíde Lisboa, Lucia e Mário Casasanta,

Guilhermino César, Fernando Magalhães Gomes, Lincoln Continentino, Padre Negromonte, Olga Ullmann, Elza de Moura. Isto sem contar Abgar Renault e Drummond, o qual também escreveu sobre ela.

E ela narra seus primeiros dias naquela Belo Horizonte de oitenta anos atrás: "Montei também meu próprio ritmo pessoal. Ao chegar a casa, vindo do trabalho, ia me deitar às 21h30. Das 23h às 4h estudava e preparava as aulas. Dormia das 4h às 6h, quando me preparava para chegar à escola, às 7h. Pegava o bonde e descia na porta da escola. Tudo calmo. A cidade tinha 200 mil habitantes".

Há pessoas que fazem história. Elegante, culta, simples, bem me lembro dela nas famosas "festas do milho" na Fazenda do Rosário. Seu filho Daniel, também brilhante e modesto, deixou depoimentos sobre ela. Mas há muito, muito mais a contar.

Escritores, roteiristas, mãos à obra!

Pois uma personagem maravilhosa habitou algum tempo entre nós!

Ter Helena Antipoff no Brasil e em Minas foi um luxo.

17 de outubro de 2009

Homens ocos e arte vazia

Está ocorrendo no Beaubourg, em Paris, uma exposição sobre o "vazio": nove salas dedicadas ao vazio. No anúncio da exposição na internet está assinalado: "Evite a fila de espera, faça a sua reserva clicando aqui". O que acontece? Você então paga dez euros, sai de casa e vai ver o vazio. Volta cheio de vazio. Pode voltar também com um pesado catálogo que custa 120 reais com quinhentas páginas sobre o vazio.

Há alguns meses ocorreu aqui no Brasil "a bienal do vazio", apelido jornalístico tirado de uma crônica que aqui escrevi. Meses antes eu havia publicado "O enigma vazio, impasses da arte e da crítica". Coincidência? Começo a suspeitar que os franceses e paulistas estão querendo promover meu livro ou, então, que o vazio está mesmo na moda e eu acertei na mosca.

O leitor Marcelo Jorge me envia a página do jornal inglês *The Independent* que comenta: "Exposições de arte sobre o vazio não é nada novo. O nada foi reconhecido como forma de arte há 51 anos". A reportagem se refere a uma exposição de Yves Klein em 1958, na galeria Iris Clert (Paris), totalmente dedicada ao vazio. A exposição coincidia com os trinta anos deste artista vazio, que para encher a galeria mandou três mil convites. E como diz uma reportagem de *O Globo* lembrando esse histórico vazio: "dois guardas foram colocados na porta: todo um cenário de mistério para o visitante penetrar e descobrir... o vazio. O sucesso foi estrondoso. Os visitantes eram tantos que tinham que entrar em pequenos grupos".

Esse fascínio das multidões pelo nada tem que ser analisado. Há alguns anos ocorreu o fenômeno *flash mob*: de repente grupos de pessoas se juntavam na rua olhando o céu, corriam para se ajoelhar diante de um boneco num shopping, e se dispersavam. Era o culto instantâneo do nada, da coisa nenhuma.

Depois de um século que pretendeu "tudo", chegamos ao "nada". O século XX com o futurismo achou que ia inventar o futuro, e quebrou a cara; achou que com o comunismo ou o fascismo ia controlar a história e deu nos campos de concentração e gulags; louvou de uma maneira machista a indústria, a velocidade, o progresso, a guerra e ao fim de "tudo" estamos vendo a mãe-terra morrer envenenada.

Há, pelo menos, duas maneiras de se lidar com esse "vazio". A primeira é ingênua, irresponsável e alienada: consiste em cultuar o vazio, como um novo bezerro de ouro, e bezerro vazio. Outra maneira é analisar e entender o fenômeno. Ver, por exemplo, suas relações com a cultura atual, tipo *Big Brother*, que glamoriza o vazio, a tolice, a banalidade. Antes as pessoas se orgulhavam de ter ideias, hoje se orgulham de copiar. Antes se empenhavam em participar, hoje em alienar-se; antes tentava-se significar, hoje busca-se a insignificância.

Assim é um tipo de arte que anda por aí. O "vazio" virou um negócio, está enriquecendo muita gente, e isto explica sua existência e função. Por acaso a grande crise financeira de hoje não é a crise do falso capital?

Vivo dizendo que precisamos passar o século XX a limpo. Em 2009 o Futurismo de Marinetti fez cem anos. E o conjunto de tolices pretensiosas que constituem o manifesto futurista é assombroso.

Me lembrei agora de um poema de T.S. Eliot – "Os homens ocos", traduzido por Ivan Junqueira. É de 1925, e começa dizendo: "Nós somos os homens ocos / os homens empalhados / uns nos outros amparados / o elmo cheio de nada. Ai de nós!". Esses homens que ele anteviu no princípio do século passado eram "fôrma sem forma, sombra sem cor / força paralisada, gesto sem vigor", sinais de uma cultura, de uma civilização que poderia se extinguir na mediocridade. E é terrível o que diz no final do poema, pois a nossa geração, que pensava que o mundo ia acabar numa explosão atômica, constata que o poema de Eliot prevê um fim bem mais medíocre numa melancólica profecia em forma de ladainha:

> Assim expira o mundo
> Assim expira o mundo
> Assim expira o mundo
> Não com uma explosão
> Mas com um suspiro

25 de março de 2009

Hora da ginástica

Fico às vezes olhando (discretamente, é claro) as pessoas na academia de ginástica, como se tivesse desembarcado de outro planeta. Há uma academia dessas em cada quarteirão de cada cidade, mesmo nas menores. A gente passa na rua e vê uma multidão lá dentro, atrás de vidraças, correndo sem sair do lugar, gesticulando freneticamente, numa repetição que parece coisa de maníaco.

É uma cena assaz engraçada se a contemplamos com aquele olhar de quem a vê com o espanto da primeira vez. Convenhamos, parece uma sala de torturas, daquelas que a Inquisição praticou, onde havia diversas formas de esticar e torcer o corpo para que a pessoa exorcizasse o pecado. Só que agora se exorciza a demoníaca gordura, a gordura trans e o maldito glúten. Parece que só falta o garrote vil, que quebrava o pescoço da vítima como na ditadura de Franco. Pode parecer também a modernização de um dos cantos do "Inferno" de Dante, onde cada qual cumpre uma pena, suando e fazendo caretas diante de aparelhos friamente mecânicos.

E, no entanto, as pessoas entram ali sorridentes, quase soltando plumas e paetês. Entram para sofrer gostosamente. Como os antigos escravos atados às galés, remando sem parar sob o chicote de um mestre, uns vão pedalando, enquanto um instrutor, aos berros, trata-os a todos como uma grei submissa.

E há o espetáculo dos espelhos. Sem espelhos não se pode ter uma boa academia de ginástica. As pessoas vão ali para se verem, para serem vistas. Reparo naquela, por exemplo: está de perfil com a bundinha empinada, todos os músculos trabalham para que a bundinha fique aprumada ao seu olhar. Ela está siderada consigo mesma. Olho aquele outro: extasiado com seus músculos que crescem entre veias que parecem pequenas cobras entre as tatuagens da pele. De repente, tudo é bíceps, todos são candidatos àquele Mister Atlas ou Universo das "Seleções" dos anos 50.

Os personagens fingem não se verem. Não fica bem. Todo mundo muito discreto, mas sabendo de todos os detalhes do corpo alheio. E há as posições esdruxulamente eróticas, pernas se abrindo como tesouras, bumbuns deitados provocativamente, e um contorcer de rostos e esgar de olhos de quem está quase alcançando o orgasmo pelo sofrimento.

Outro dia tive uma visão realmente fantástica, porque aquelas cenas saltam do cotidiano para a ficção. Olhei aqueles seres ao meu redor. Eram todos extraterrestres. Tinham saído das telas, dos anúncios de malhas, maiôs, tênis, fortificantes. Eram verdadeiros "avatares", como naquele brinquedo no computador, o *Second Life*, no qual você inventa o seu duplo ideal.

De repente, irrompe de uma sala, outro avatar! Uma loira, meu Deus! Nascida da forja dos deuses. Cabelos longos de égua no cio, todas as formas perfeitas, toda esculpida, jorrando saúde por todos os poros. E, em seguida, outro avatar, agora, masculino, humilhando os mortais em torno, um fenômeno de conversão de Clark Kent em Super-Homem, pois o tipo entrou vestido de terno e gravata e emergiu de repente com mais de trezentos músculos só na região dos bíceps.

Ah, sim, há as televisões, muitas televisões enquadrando os olhares de quem está correndo nas esteiras e bicicletas imóveis. Cada uma num canal, emitindo reflexos e notícias de modas, crimes, esportes e rock. É o simulacro do simulacro.

18 de julho de 2007

Metafísica do gol mil

Meu caro Romário, permita-me meter os pés (ou minha escrita) nessa questão do gol mil. Quero tirar dos seus ombros (ou dos seus pés?) essa tarefa inócua, e vou lhe explicar o porquê.

O gol mil é uma falácia.

Vou ilustrar o que estou tentando lhe dizer com exemplos colhidos de grandes mestres (já que você é um mestre na área em que joga). Certa vez li que grandes compositores como Beethoven, Schubert, Anton Bruckner e Gustav Mahler fizeram nove sinfonias e nunca escreveram a décima. A nona era o suficiente, a décima impossível ou desnecessária. Mahler, por exemplo, tinha consciência disto e passou a vida dando evasivas para não fazer a décima sinfonia. Outro músico (e gostaria que essa crônica soasse como música aos seus ouvidos), Arnold Schönberg, considerando as limitações daqueles compositores, ponderava que "a Nona é o limite. Aquele que deseja ir além dela precisa morrer... Aqueles que escreveram a Nona estavam muito próximos da vida futura".

E dou-lhe outros argumentos a fim de que você pare na sua Nona ou nos seus 999 gols. Primeiro, porque o número nove é considerado como um número perfeito na numerologia. E aí você tem não apenas um, mas três vezes nove. É já uma abundância de perfeição. Acresce que essa questão do gol mil é apenas uma questão de quantidade, não de qualidade. Nossa sociedade tem essa mania de números, de recordes, de empilhar dados, quando deveria estar interessada em desenvolver outras virtudes. Enfim, quando alguém chega aos 999 ou à nona sinfonia, já não há nada mais para ser revelado. Já se viu de tudo, já fez as jogadas mais espetaculares.

Estudiosos que andaram meditando sobre essa questão lembram que figuras excepcionais tiveram experiências fantásticas quando chegaram nesse limite dos 999, da Nona, ou seja, do milésimo gol. Citam, por exemplo, Buda, que passou a vida buscando o conhecimento, mas quando atingiu a iluminação sentou-se aos pés de uma árvore e ali respondia a todas as perguntas transcendentais sobre a vida e a morte. No entanto, o fazia de maneira muito peculiar. Ele não precisava mais falar. Ficava em silêncio. Falava através de uma flor de lótus que acenava com as mãos.

Portanto, Romário, você não precisa ficar atordoado, sofrendo na área, como estava no jogo do Vasco com o Botafogo. A bola não lhe chegava. Como disse o Sérgio Noronha naquela frase poética e histórica sobre a sua relação com a bola, "ela que lhe era tão dadivosa agora se mostra tão esquiva...". Desconfio que até a bola compreendeu a metafísica de sua situação.

Quer dizer, o ápice da sabedoria é descobrir que não temos mais que fazer gol. Outros metafísicos falam da sabedoria de silenciar no momento certo, de morrer no momento certo. Enfim, há várias maneiras de resolver esse impasse. E, se Nelson Rodrigues estivesse vivo, ele que vivia metendo literatura e filosofia nas suas crônicas de futebol, talvez lembrasse um filósofo – Wittgenstein, que lá pelas tantas largou tudo, parou de publicar, ou seja, largou a bola, saiu do campo e disse: "a solução do problema da vida é encontrada com o desaparecimento do problema".

O problema do gol mil é um problema dos outros.

Já pensou que maravilha, que coisa suprema, você passar à história não apenas como o jogador que fez 999 gols, mas como aquele que, soberanamente, se recusou a fazer o gol mil?!

21 de maio de 2007

Minha vida no JB

Minha vida está ligada ao *Jornal do Brasil*. Ainda em Juiz de Fora, acompanhava a sua revolução gráfica e de conteúdo, feita em torno de 1956. Enquanto Brasília repaginava o espaço brasileiro, o JB reinventava o espaço gráfico e dava leveza e destreza ao texto. Sem conhecer ninguém lá, mandei um poema meio concreto ("A Pesca") e publicaram. Depois mandei umas traduções sobre música de vanguarda. E publicaram. Posso dizer que aprendi a escrever para jornal (se é que aprendi) através do JB e da antiga *Senhor*.

Não sabia que minha vida se entrelaçaria ainda mais com a do JB. Em 1968, voltando dos Estados Unidos, Fernando Gabeira me convida para trabalhar como redator no Departamento de Pesquisa. Era o tempo de grandes agitações políticas contra a ditadura. Indo para o trabalho tinha que passar pela cavalaria, pelas espadas, pelas bombas de gás lacrimogêneo nas batalhas no centro do Rio. Da sacada do JB víamos as pessoas correndo, barricadas, gente ferida e morrendo. Uma das pessoas que assistiam a isto comigo era Marina Colasanti.

Aceitei uma bolsa de jovem escritor no "International Writing Program", em Iowa/EUA, no final de 69, mas em 1970 entro airosamente na redação do JB para fazer uma visita e Alberto Dines, acolhedoramente, me convida para trabalhar no copydesk. Divido, então, meu tempo com o Departamento de Letras da PUC, onde, como jovem doutor, implantava a pós-graduação em literatura brasileira.

A universidade me cooptou, mas desse estágio no JB resultou o casamento com Marina. O jornal continuava uma usina de ideias: em 1973, Dines me chama para algo ousado: publicar mensalmente duas páginas intituladas "Jornal de Poesia", dando espaço aos conhecidos e iniciantes. Foi a primeira vez que alguns poetas "marginais" apareceram na "grande imprensa". Começava-se a falar em "abertura política" e eu propunha uma "abertura poética", sem as ortodoxias estéticas igualmente repressoras.

Durou pouco. Irrompe a primeira das grandes crises do JB, saem Dines e grande parte de sua equipe.

Em 1980 a "abertura" era mais nítida e aliciante. O JB publica com destaque um ensaio meu comentando o livro do Gabeira e o retorno dos exilados: *É isso aí, companheiro*. Seguiram-se outros ensaios e poemas de página inteira que a Editora Rocco editou em 1984 – *Política e Paixão*.

Minha relação com o JB tinha uns 25 anos, quando me convidam para substituir Drummond como cronista em 1984. Começava uma outra epopeia que me propiciou experiências extraordinárias com o público. Há muito que *O Globo* concorria com o JB. Aos poucos Roberto Marinho ia avançando. Cooptou os pequenos anúncios e começou a levar gente do JB para seu jornal. Primeiro foi o Chico Caruso. Depois fui convidado e resisti, até que Roberto Marinho me deu um xeque-mate, e acabei indo e lá ficando dezessete anos. Depois de mim foram o Zózimo e uma legião.

Quando o atual proprietário do JB assumiu o jornal, fui sondado. Mas não foi possível. Por outro lado, há muito que ex-funcionários do JB se reúnem em jantares para celebrar a vida, reviver o passado. São vários grupos, várias gerações. Todos se sentem igualmente donos da memória desse jornal.

Eu dizia a propósito disto numa entrevista ao Jô Soares esta semana, que houve um tempo em que o Rio tinha pelo menos sete jornais diários bons e fortes: *O Jornal, Última Hora, Correio da Manhã, Diário de Notícias, Jornal do Brasil, O Globo, Diário Carioca.*

O que houve com esse país? O que houve com a imprensa em nosso tempo? Não é bom que uma cidade só tenha um jornal.

Certa vez Roberto Marinho, oponente do JB, mas que necessitava desse inimigo para viver, ironicamente, me disse: "Nunca permitirei que o JB acabe".

Roberto Marinho foi para as nuvens, e o JB, em tempos de "nuvem", agora é on-line.

4 de setembro de 2010

Neumatódeos versus mixomicetos

Na natureza e na sociedade existem uns indivíduos desastrosos e outros maravilhosos.

Há muito tempo que vivo siderado com os mixomicetos, desde que vi um filme na TV Cultura. Se algum ficcionista tentasse inventar um herói como ele, não conseguiria a perfeição que a própria natureza conseguiu. Tem uns três centímetros. Uns acham que ele é vegetal outros afirmam que é animal. Se parece a uma geleia esbranquiçada, mas pode ter várias colorações, como se tivesse uma roupa de gala para cada ocasião – púrpura, castanho-brilhante ou amarelo. Diz este livro – *Terra viva*, de Peter Farb – que é "centelha de vida, nada mais do que protoplasma nu, sem células, estrutura ou tecidos, apenas matéria viva que se move".

É uma massa andante que sai comendo o que encontra, mas de repente cria raízes e produz flores. Quando caminha e encontra um obstáculo, se divide e se aglutina mais adiante. Ele é macho e fêmea ao mesmo tempo, não se sabe onde começa seu interior e o exterior, vive na superfície do solo, mas de repente infiltra-se terra adentro e ali "ele se divide em pequenos rios e regatos que correm através das fendas do solo, reunindo-se mais adiante, tornam-se a separar e a se unir".

Dizem os especialistas que contemplá-los (e mesmo na televisão tive essa sensação) é contemplar o espetáculo da vida, a superação do caos, da fragmentação e a afirmação da sobrevivência.

Na outra encarnação quero ser um mixomiceto.

Em compensação, existem os terríveis nematódeos. Vocês não queiram saber o que são os nematódeos. Claro que lendo os jornais a gente tem a impressão que estão em Brasília, nos gabinetes, no mensalão, exercendo sua função de sanguessugas. São uma praga que dá um prejuízo tão grande como a corrupção no INSS. Não produzem nada, só destroem. Os que os observam ficam com a impressão de que são apenas agentes do mal e não escondem comparações com seres humanos: "Os nematódeos não fornecem couros, ossos, gorduras ou lã. Não são próprios para comer nem produzem nada que o seja; não cantam, nem nos divertem de modo algum; não são ornamentais – com efeito, quando aparecem nos museus, o público os considera horrorosos. Desprovidos de tudo isto, não oferecem nenhum exemplo moral ou dignificante; não se sabe que eles sejam industriosos como as formigas, ou previdentes como as abelhas, indômitos como as aranhas, ou frugais, ou honestos, ou o que quer que seja digno de admiração".

E o pior é que são de mais duas mil espécies e resistem praticamente a tudo, à secura, à fervura, à congelação, à tortura dos cientistas e, pasmem, até à radiação atômica. Mas nem tudo está perdido. Descobriram que existem uns outros fungos que são uma espécie de caçadores de nematódeos. Desenvolvem engenhosas armadilhas e acabam enlaçando-os, imobilizando-os, levando-os à morte.

Nessa luta de vida e morte foi observado que os terríveis nematódeos que dizimam tantas plantações de batatas acabam morrendo pelas próprias secreções que elaboram durante o embate. É como se o bandido acabasse se matando com a própria arma. Portanto, nem tudo está perdido.

Dizem que essas cenas mortais podem ser observadas em qualquer jardim.

A natureza é mais otimista que os jornais.

6 de dezembro de 2006

Nosso pasmo atual

Comecemos com o corpo hoje. Coberto de tatuagens e piercings, jovens e até velhos se assemelham a primitivos e aos míticos marinheiros e criminosos de ontem. Na pele da contemporaneidade fundiu-se o ontem e o hoje, o civilizado e o tribal, o marginal e jovem "fashion".

Consideremos a roupa, essa segunda pele. Também ela rompeu as barreiras. A moda "trash" ocupa desfiles e grifes. Ter roupa remendada, rasgada, falsamente usada é sofisticadíssimo. O lixo e o luxo perderam sua clássica divisória.

Consideremos os gêneros. O masculino e o feminino se misturaram, o homossexualismo foi institucionalizado. Apareceram outras categorias – o transexual. A noção de gênero passa por metamorfoses.

Como consequência, o conceito de família alterou-se. Duas lésbicas ou dois gays podem adotar um filho. Uma fêmea pode gerar filho sem necessidade da presença física do macho. Já se prevê que homens também ficarão grávidos.

Casais respeitáveis frequentam sex shop, compram seus apetrechos por sedex, anunciam nos principais jornais e revistas que procuram parceiros para sexo grupal.

Se na pele do corpo funde-se o primitivo e civilizado, se na moda o lixo e o luxo se misturam, se o masculino e o feminino foram abalados e a família está buscando outras fórmulas, no plano social aconteceram outras ultrapassagens de limites e fronteiras.

Não há separação nítida entre o público e o privado. "Moças de família" posam nuas, a intimidade de indivíduos, casais e grupos é vendida em revistas. A rua e a casa se acasalaram.

No plano político embaralhou-se a noção de esquerda e direita, uma pode ocupar o lugar de outra sem constrangimento.

No plano econômico, com a globalização, o capital é volátil, circula daqui pra li, da periferia para o centro, sem raízes.

No plano tecnológico e eletrônico a internet descentralizou a informação, fragmentando a totalidade e totalizando a fragmentação.

No plano linguístico caem regras e convenções. Jornais, músicas, anúncios e literatura assimilam velozmente a oralidade, a gíria, e os dicionários cedem.

Na arte, tudo o que era antiarte e não arte virou arte e está sacramentado nos museus.

E o Brasil nisto?

Em Brasília um operário dos anos 70 é Presidente da República e antigos guerrilheiros trabalham no Congresso e no Palácio. Revolucionários de ontem, que estavam na margem, hoje estão em ONGs, trocando a revolução pelo assistencialismo.

Houve um tempo em que o assaltante Lúcio Flávio dizia: "bandido é bandido e polícia é polícia".

Hoje ninguém sabe mais onde começa um e termina o outro.

É o que lhes digo, o conceito de centro e periferia entrou em crise. Que o digam os franceses ao ver milhares de carros sendo queimados por "marginais" que querem o "centro". Que o digam os traficantes em nossas favelas comandados pelos que estão em apartamentos milionários.

Há quem fique perplexo diante disto tudo. Há quem se rejubile. Outra solução é tentar analisar o que está ocorrendo. Teoricamente isto se faz tentando entender duas teorias que dominaram o século XX, a "modernidade" e a "pós-modernidade". Mas, aí, isso já vira papo acadêmico.

16 de setembro de 2009

O acendedor de lampiões e nós

Outro dia tive uma visão. Uma antevisão. Eu vi o futuro. O futuro estampado no passado. Como São João do Apocalipse, vi descortinar aos meus olhos o que vai acontecer, mas que já está acontecendo.

Havia acordado cedo e saí para passear com minha cachorrinha, a meiga Pixie, que volta e meia late de estranhamento sobre as transformações em curso. Pois estávamos eu e ela perambulando pela vizinhança quando vi chegar o jornaleiro, aquele senhor com uma pilha de jornais, que ia depositando de porta em porta. Fiquei olhando. Ele lá ia cumprindo seu ritual, como antigamente se depositava o pão e o leite nas portas e janelas das casas.

Vou confessar: eu mesmo, menino, trabalhei entregando garrafas de leite, aboletado na carroça do "seu" Gamaliel, lá em Juiz de Fora.

E pensei: estou assistindo ao fim de uma época. Daqui a pouco não haverá mais jornaleiro distribuindo jornais de porta em porta. Esse entregador de jornais não sabe, mas é semelhante ao acendedor de lampiões que existia antes de eu nascer. Meus pais falavam dessa figura que surgia no entardecer e acendia nos postes a luz movida a gás, e de manhã vinha apagar a tal chama.

Esse tipo foi imortalizado num soneto que Jorge de Lima escreveu aos dezessete anos e publicou em 1914:

O acendedor de lampiões

Lá vem o acendedor de lampiões da rua!
Este mesmo que vem infatigavelmente,
Parodiar o sol e associar-se à lua
Quando a sombra da noite enegrece o poente!

Um, dois, três lampiões, acende e continua
Outros mais a acender imperturbavelmente,
À medida que a noite aos poucos se acentua
E a palidez da lua apenas se pressente.

Triste ironia atroz o senso humano irrita: –
Ele que doura a noite ilumina a cidade,
Talvez não tenha luz na choupana em que habita.

Tanta gente também nos outros insinua
Crenças, religiões, amor, felicidade,
Como este acendedor de lampiões da rua!

Os próprios jornais estão alardeando que os jornais vão acabar, ou seja, vão deixar de ser impressos para virar um produto eletrônico. Não vamos mais folhear o jornal, sentir o cheiro de papel, nem ir à banca. Vamos ter um aparelho receptor onde aparecerão texto e imagem do jornal.

E isto já começou. É irrefreável. Os mais velhos vão dizendo que preferem ler o livro em papel e não abrem mão do jornal antigo. Mas o jornal e o livro é que estão abrindo mão deles. Os mais jovens, como se constata, já nascem lendo na tela, eletronicamente. Como se dizia antigamente – resistir quem há de?

Tento me adaptar. Passei do mimeógrafo a álcool e do papel carbono à máquina elétrica e depois ao computador. Já tenho site, tenho blog e acabei de entrar no Twitter.

Claro que o livro impresso vai continuar, como uma variante. Mas o entregador de jornais vai ser tipo histórico como o acendedor de lampiões. Assim caminha a humanidade... já dizia o filósofo James Dean. E, em relação a essas formidáveis e assustadoras mudanças, me vem aquela frase de Marshal McLuhan enunciada há cinquenta anos: ao ver uma deslumbrante borboleta, a larva disse: jamais me transformarei num monstro desses.

E, dito isto, se transformou.

18 de julho de 2010

O cabelo de Inês de Castro

Talvez os portugueses gostassem de saber que na Biblioteca Nacional do Brasil existe um fio de cabelo de Inês de Castro. Quem sabe poderiam fazer um exame de DNA? Quem sabe a biomedicina futura, brincando de "Parque dos Dinossauros", poderá criar outra Inês a partir do DNA aí latente.

Quem garante que esse fio de cabelo existe e dá até a localização dele no cofre 50 da Seção de Manuscritos é Waldir da Cunha, no livro que acaba de lançar: *Biblioteca Nacional, um jardim de delícias* (Livre Expressão Editora), no qual revela o que há "por trás dos arcazes", aqueles grandes arquivos-armários. Pois durante seis anos, quando dirigi aquela instituição, era um prazer levar visitantes à seção de manuscritos, porque ali o "seu Waldir" reinava com gosto e zelo. Sabia de tudo e revelava aos visitantes algumas das riquezas ali escondidas. Agora, aposentado, Waldir resolveu abrir os arcazes de sua memória revelando coisas que vão interessar a gregos e troianos, como interessaram a este romano.

Não é só fio de cabelo de Inês, aquela que mesmo depois de morta foi rainha. Na BN está uma mecha de cabelo de Maria de Glória, futura Maria II, e estão os pelos púbicos (agora públicos) de Pedro I, anexados a uma candente carta de amor. Eu aumentei essa coleção cabeluda, mandando prá lá mechas de cabelos de Clarice Lispector, doadas por Antônio Salles. E agora fico sabendo que os cabelos de Clarice sumiram. Waldir diz que outras coisas sumiram, como uma "barra de ouro de Sabará".

Quando assumi a BN (meu Deus! lá se vão quase vinte anos!) dizia-se que havia ali, além das gravuras de Durer, também as matrizes. Numa operação em que redescobrimos milhares de peças não catalogadas, essa preciosidade não apareceu. O livro de Waldir revela, no entanto, outros desfalques nas coleções. Mas isto me faz lembrar algo ao contrário: constatando que o prestígio daquela instituição estava sendo recuperado durante nossa administração, várias pessoas que tinham "levado para casa" algumas obras começaram a restituí-las. Um ex-funcionário da Seção de Obras Raras, por exemplo, devolveu um caixote de livros raros, raríssimos...

Você sabia que a Biblioteca Nacional, em 1833, chegou a ter escravos trabalhando nela?

Sabia que houve uma época em que se faziam empréstimos domiciliares?

Sabia que Pedro II, com aquela barba toda e tão sério, teve muitas amantes e que doze delas estão nomeadas no arquivo de Tobias Monteiro?

Sabia que há uma estória de assombrações na BN?

Sabia que na indenização que o Brasil deu a Portugal para continuar aqui com a biblioteca real havia um "caixa dois"?

Esse livro do seu Waldir suscita muitas questões e tem coisas meigas e muito pessoais. Por exemplo, fotos de artistas como Jane Wyman e Ann Sheridan, autografadas, dedicadas a ele. É, nesse sentido, um depoimento também sentimental. Acho até legítimo que isto se faça. A história, afinal, é feita de estórias. Estórias até contraditórias. Eu mesmo devo publicar no ano que vem um livro chamado *Ler o mundo*, em que, entre outras coisas, conto a epopeia que foi administrar e recuperar a BN. E narro que terminou no telhado da Biblioteca a primeira reunião da diretoria que eu acabara de nomear. E terminou no telhado, porque era preciso não só percorrer todas as instalações da BN, mas mostrar concretamente aos meus auxiliares mais diretos a situação de descalabro em que se achava a instituição. A BN era um grande navio largado num oceano de irresponsabilidades e inépcias, onde alguns heróis testemunhavam o vazamento de água por todos os lados. Com certeza, os dirigentes das grandes bibliotecas da França, Espanha, Inglaterra, Estados Unidos, que eu viria a conhecer, não tinham aquele tipo de experiência. Da mesma maneira não tinham também a experiência de estar em seu gabinete e ver cair a um metro de distância a bala perdida que varara os cristais da janela depois de um assalto a banco.

Bom. Paro por aqui, porque há muito o que contar. Só mesmo escrevendo um livro.

9 de setembro de 2009

O craque

Em tempos de Copa, me indago: o que é um craque? O que tem o craque que o não craque não tem?

Saindo para o campo das artes, digo: Picasso era um craque. Por isso, blasonava: "Eu não procuro, eu acho". É assim o craque: ele não procura a bola, ela é que sai correndo atrás dele.

O craque quando surge, aglutina. Em torno dele se faz logo um time. É como se fosse um messias, o esperado, o iluminado, o assinalado. Os demais estão ali à sua espera para serem comandados. Por isso, tem algo daquilo que Hegel chamava de "sujeito histórico": ele encabeça e dá sentido ao time de seu tempo. É impossível pensar o Santos sem Pelé, a Alemanha sem Bekenbauer, a Hungria sem Puskas, a Argentina sem Maradona, a Holanda sem Kreuf, a hoje envergonhada França sem Zidane.

Mozart era um craque desde menino. Mas o craque abusado é insuportável. Era o caso de Richard Wagner – egocêntrico e megalômano. A galera gosta do craque que, sendo craque, finja que é como os demais, como o outro craque, o Clark Kent, que na verdade era o Super-Homem.

Mas Maradona contraria essa regra. Como técnico da seleção argentina está deitando e rolando. Está engraçadíssimo, carnavalizando o esporte.

O craque não é um chorão, não tem esse ar de vencido. E olha que vida de craque é complicada, mas não deve externar suas agruras, pois o público quer dele a noção de superioridade. Tem que estar acima das caneladas dos adversários. Se bem que Romário, com aquele jeitão de *bad boy*, distribuía caneladas e farpas por aí.

Querem um exemplo noutra área? Juscelino era um craque. Até hoje os políticos novos tentam driblar como ele.

O craque nem sempre tem a complexão física do craque. Pode ser pequeno, meio torto como Garrincha. Veja como o Luis Fabiano é meio desengonçado. Samy Davis Jr. era um craque e não podia ser mais fora de esquadro. Na verdade, quando o craque é lindo, atlético, rico e tem todas as qualidades dos deuses, pode até irritar os simples mortais. Mas o Kaká com aquela carinha de anjo de quem está indo pra Primeira Comunhão é uma exceção.

O craque não tem muito a ver com a lei da gravidade. E dele se espera que voe, que seja inalcançável na pista, no circo, nas decisões de escritório. No meio de uma reunião de empresa, está todo mundo tenso sem solução, e o craque, como Colombo, com duas frases tira o novo do ovo.

O craque vem, dá um risco no papel, e pronto, salta um edifício, uma cidade.

O craque dá um agudo no palco e a ópera toda se ilumina.

O craque joga qualquer pano sobre o corpo e o mundo vira passarela.

O craque entra na cozinha e o mundo torna-se logo palatável.

O craque começa a contar ou escrever estórias e todo mundo fica siderado.

Até entre os animais há craques. Uma vez li uma biografia, não de toureiros, mas de touros mesmo. Meu Deus! Que figuras sublimes, que heróis gregos atrás daqueles cornos. É assim também, com os cavalos de corrida, com os cães e até com os serviçais. Há empregados que são primorosos craques.

Um craque se reconhece até quando ele aperta um simples parafuso.

Reconhece-se (imediatamente) um craque na direção de uma empresa, de um jornal, de uma orquestra.

O craque é uma usina geradora. É o Sol do sistema. Se cair, desaba tudo, como esse vexaminoso time da França que volta envergonhado para casa.

Clarice Lispector, uma craque, dizia isto sobre o ato de escrever: têm-se apenas um papel e um lápis, nunca nenhum escritor teve mais do que isto. É a mesma coisa com o craque no campo: é só ele e a bola. Nenhum jogador jamais teve mais do que isto. E, no entanto...

Enfim, o povo (às vezes) sabe o que diz: mais vale um craque à mão que dez jogadores médios no campo.

Ao contrário das andorinhas, um craque só vale um verão.

Quem tem craque vai a Roma ou a Joanesburgo. Aliás, não só vai, mas volta com a Copa na mão.

2 de junho de 2011

O elefante contemporâneo

Existe uma lenda sobre o elefante e uns cegos que se reuniram em torno dele tentando defini-lo. Eu a ouvi primeiro de meu pai e você talvez a tenha ouvido num sermão, numa sala de aula ou, como é comum hoje em dia, na internet. Em caso de dúvidas, vá ao Google.

Lá você vai ver que nem se sabe mais qual a verdadeira origem da estória. Uns dizem que é árabe, outros afirmam nos veio da Índia e há quem garanta que veio de Portugal. E embora a essência da lenda permaneça, há umas variantes. Uns dizem que os cegos eram seis pessoas comuns, outros dizem que eram sete sábios em torno de um mistério.

O fato é que, de repente, surgem seis ou sete cegos e um elefante. E eles são desafiados a definirem que estranho animal era aquele. Como eles eram cegos, começaram a apalpar o imenso enigma.

Um apalpou a barriga e disse que o animal parecia um muro, uma parede.

Outro tocou as presas de marfim e concluiu que ele era uma lança ou espada.

O terceiro pôs as mãos na tromba e saiu afirmando que era uma imensa cobra.

O próximo abraçou as pernas volumosas do elefante e afirmou que era uma árvore.

A seguir o quinto tocou as orelhas do bicho e disse que aquilo era um enorme leque, uma cortina se mexendo.

O sexto agarrado à cauda do mistério saiu alardeando que aquilo era simplesmente uma corda.

Mas há uma versão que, inserindo um sétimo sábio, diz que este chegou conduzido por uma criança, que desenhou no chão um elefante. A partir daí os cegos tiveram o contorno do imaginado animal. Como em outras lendas, tipo "A roupa do imperador", a que se refere Andersen, a criança é que leva os demais a verem a realidade. Segundo uma outra versão, no entanto, como os sábios não chegavam a uma conclusão começaram a brigar e um deles levou uma pancada na cabeça, o que lhe fez recuperar a visão. Tendo visto o que era realmente um elefante, tentou desesperadamente explicar aos demais a sua descoberta. Não adiantou, os demais discordavam dele e diziam que ele estava vendo coisas.

Além dessa versão muito didática sobre o mundo ontem e hoje, no século XIX o poeta John Godfrey Saxe preferia a estória com apenas seis cegos que não se entendiam, e concluía dizendo que a moral da estória é que muitas pessoas discutem sobre elefantes que nunca viram.

– Bem, e daí? – perguntará um meu leitor lá em Pequiri.

– Daí que essa lenda tem sido usada até pelos setores de recursos humanos das empresas para estimular a cooperação e o trabalho. Mas essa alegoria voltou à minha memória quando andei lendo mais umas interpretações fantasiosas de algumas obras chamadas "contemporâneas", obras sobre as quais as pessoas dizem os mais sofisticados disparates. Daí, pensei em reescrever a lenda dizendo: Era uma vez seis ou sete pessoas cegas, que uns dizem que eram sábios, outros dizem que eram pessoas comuns, que foram convocadas para tocar um elefante e explicar o que seria aquela misteriosa figura. Cada um deles tocou uma parte do enigma. O resultado dessas definições foi uma estranhíssima criatura que nada tinha a ver com o elefante.

No caso da lenda original, o elefante concreto existia.

O caso do elefante "contemporâneo" é mais fantástico. Ele sequer existe, é conceitual. As interpretações são variações em torno do ausente. Estava certo o poeta americano: muitas pessoas discutem sobre elefantes inexistentes.

18 de abril de 2010

O raio da música

Uma experiência fulminantemente musical ocorreu com um médico americano de 42 anos quando estava numa cabine telefônica e foi atingido por um raio. De repente, foi jogado para longe e teve a sensação que ia morrendo e saindo de seu próprio corpo, enquanto alguém tentava reanimá-lo e trazê--lo de volta à vida. Toda sua existência desfilou em sua memória, casa, filhos, trabalho, e quando estava curtindo "a sensação mais deliciosa que jamais tive", diz ele, "Bam! Voltei".

Essa experiência de pré-morte muita gente já teve. Mas o que ocorreu depois com nosso personagem é que nos dias seguintes começou a ter uma necessidade incontrolável de ouvir piano. Músicas soavam no seu cérebro, como alucinações. No passado tinha tido umas aulas de piano, mas a rigor gostava de rock. No entanto, agora seu cérebro despejava música sobre ele de tal forma que retomou as aulas de piano freneticamente. Tocava até de madrugada, antes de sair para o trabalho. O raio da música o havia fulminado.

No Brasil o Thomas Green Morton foi potencializado por um raio na infância e ficou tão energizado que até hoje faz prodígios e até curas. Já o médico/pianista americano chegou a ganhar prêmios em festivais, o que fez com que muito músico quisesse ser atingido por um raio. Mas como se sabe, pouca gente, além do Benjamin Franklin que descobriu o para-raios, pode administrar a energia celeste.

Quem conta essa e outras histórias é Oliver Sacks, que reuniu no livro *Alucinações Musicais* (Companhia das Letras) dezenas de fatos de anomalias musicais. Na verdade, se alguns são escolhidos pela deusa da música, outros, acreditem, são hostilizados por ela. Por exemplo, vi João Cabral de Melo Neto dizer várias vezes que não gostava de música; pior, dizia que para ele música era uma sucessão de ruídos sem sentido. Eu achava que ele estava fazendo gênero. Não. Ele tinha simplesmente uma enfermidade chamada "amusia", incapacidade total de entender as relações entre sons, timbres, melodias.

Isto pode ser diagnosticado, tanto quanto uma outra anomalia: a dos indivíduos que têm ataques quando ouvem certo tipo de música e instrumentos. Uma mulher, por exemplo, tinha convulsões, até caía no chão, quando ouvia música napolitana. O dr. Sacks faz até uma correlação entre essas reações e a epilepsia, situando no lobo temporal e no córtex a origem desses distúrbios.

Lembro-me que o editor Ênio Silveira narrava que quando esteve preso, certa vez estava deitado na sua cela, quando um sargento passou e vendo o ar de felicidade do prisioneiro que sorria e parecia estar num outro mundo, perguntou-lhe: "De que o senhor está rindo?". Ênio lhe respondeu: "Estou ouvindo a segunda sinfonia de Brahms". "Como está ouvindo?", indagou o militar. "Não tem nenhum rádio ligado e eu não estou ouvindo nada". "O senhor não está ouvido, mas eu estou", respondeu vingativamente o preso.

Este fenômeno também é estudado: são as pessoas que ouvem para dentro, que ouvem a música interior. Beethoven, quando ficou surdo, salvou-se assim.

Lembro-me que Jobim costumava dizer em que nota certos pássaros cantavam. O dr. Sacks refere-se a uma pessoa que dizia que um determinado papa assoava o nariz em sol. Pessoas com ouvido absoluto podem "identificar mais de setenta tons na região média da faixa de audibilidade".

Sempre desconfiei que quem tem ouvido musical aprende línguas com mais facilidade. Agora fico sabendo que quem fala chinês desenvolve melhor a audição, que "aproximadamente sessenta por cento dos estudantes chineses enquadram-se no critério do ouvido absoluto, em comparação com apenas catorze por cento dos falantes de língua não tonal nos Estados Unidos".

O jeito, minha gente, é estudar chinês. Ou esperar que um raio caia sobre nós.

22 de janeiro de 2009

O verão das latas de maconha

Os amadores ainda se lembram.
Os aficionados jamais se esquecem.
Nunca houve um verão como aquele.

De repente, nas praias do Estado do Rio, de Angra à Ipanema, passando por Ponta Negra e Restinga de Marambaia, surgiram, boiando, latas contendo um quilo de maconha. Era muita maconha: 22 toneladas de erva nadando, de graça. A rapaziada estava se bronzeando ali na areia e aparecia uma lata boiando. Iam ver e era maconha da melhor qualidade. Nunca houve um verão como aquele, comentam os jovens soltando baforadas de saudade.

Agora leio esse livro *1988 – O verão das latas de maconha: o processo* (Editora Letra Capital), escrito por Wanderley Rebello Filho, o advogado que acompanhou o americano Stephen Skelton acusado daquele derrame nas praias de Pindorama. É uma estória patética sobre a (in)Justiça brasileira, sobre a polícia corrupta e violência e o mundo das drogas.

O fato foi que a espionagem americana avisou à Marinha brasileira que o navio *Solana Star*, vindo de Singapura, conduzia maconha. Fragatas e torpedeiros brasileiros vasculharam nossa costa, mas não acharam o navio que já havia ancorado na Praça Mauá, por ter sofrido avarias. Enquanto consertavam o navio, houve troca da tripulação, que embarcou para os Estados Unidos, restando só o Stephen, que resolveu curtir o Brasil e acabou sendo curtido. Stephen era apenas cozinheiro do navio. Mas foi ele o massacrado.

Preso durante um ano, colocado numa cela em que deveriam caber seis e havia mais de trinta, no presídio Água Branca, um dia seu advogado surpreendeu-o com a cara toda ferida. Desconversou dizendo que havia caído. Havia levado três horas de pancada de policiais que estavam cobrando o dinheiro que periodicamente o preso tem que lhes dar. Dinheiro que tinha que ser dado também ao chefe da cela, para não apanhar ou ser transformado em "boneca".

A descrição da masmorra e dos sofrimentos fazem dos textos de Kafka coisa de principiante. Ao fim de um ano, Stephen foi libertado. O advogado acompanhou-o até a Flórida. Stephen era realmente apenas cozinheiro do navio. Os responsáveis pelo dilúvio ou tsunami de latas de maconha no verão de 88 nunca foram achados.

Enquanto isso familiares de presos por drogas e até presidiários me escrevem contando o horror que têm que enfrentar diante da corrupção, da violência e da incompetência judiciária. É um emaranhado patético. Ai de quem cai nessa teia, na qual não se sabe onde começa o crime e onde a justiça termina. Por isso, esses meninos e meninas que ficam por aí, airosos, fumando irresponsavelmente seu baseado, deveriam pensar duas ou cinco vezes. A juventude não é eterna, e dos labirintos da droga e do crime não se sai com facilidade.

Mas a nossa sociedade é ambígua e bifronte. Muitos dos que dizem combater o crime são aliados do crime. E a transgressão criminosa para muitos tem até seu charme. Vejam esse filme que está para entrar em cartaz *Meu nome não é Johnny*. Conta a vida de um grande fornecedor de drogas à elite carioca, que foi preso e escreveu um livro sobre suas peripécias. As matérias no jornal o apresentam como um herói. Um herói da pós-modernidade. Tudo é espetáculo. Como os atores são da Globo, a glamorização é mais forte. E, para completar o quadro da nossa ambiguidade moral e ideológica, o filme tem patrocínio da Petrobrás, BNDES etc.

27 de dezembro de 2006

Papa Popó, Josmari & Dona Olympia

Acabo de assistir na Catedral de Garanhuns a um deslumbrante concerto de piano do filipino Victor Asunción, que arrasou no *Scherzo nº 2* de Chopin. Antes eu havia feito uma palestra e lançado a nova edição de *Que país é este?* no SESC. Como estou neste surpreendente Festival de Inverno no interior de Pernambuco – que se considera a "Suíça brasileira", vou a uma chocolateira com amigos. Estou lá sentado, quando surge um padre de batina branca. Ele me olha atentamente e diz: "Uma coisa é um país / outra um ajuntamento / Uma coisa é um país, outra um fingimento / Uma coisa um país, outra um monumento".

Surpreendo-me. É o princípio de um poema meu de dezessete páginas. Ele não se intimida. Em pé, diante de todos, o padre, impecavelmente, declama tudo de memória. Olho aquele padre. Está com seus dois filhos. Uai! Que padre é esse? É mais que padre, é o Papa Popó, "performer" conhecidíssimo em todo o Nordeste.

Pasmo e curioso, vou me informando. Ele descobriu esse poema num livro na biblioteca de Caruaru há mais de vinte anos e incorporou-o às suas andanças de contador de histórias. Ele nem tem mais aquele livro. Convido-o a passar pelo meu hotel e lhe darei, prazerosamente, a nova edição.

Dia seguinte, aparece e conversamos. É um padre (ou papa) miraculoso. É também "capelão" de um grupo de motoqueiros, com os quais reza antes de zarparem pelas estradas. É uma versão pós-moderna dos cordelistas rurais. Faz parte de um grupo de alucinados contadores de história que acreditam na poesia e na literatura oral como forma de comunicação.

Ele disse que tinha me visto no dia anterior no *Programa do Jô*. Meu caro Papa Popó, você é que merece ir ao Jô.

Pausa.

Agora estou em São Mateus. Não o bairro em que vivi em Juiz de Fora, mas no norte do Espírito Santo. Como no caso de Garanhuns, depois do avião, peguei mais três horas de estrada. O mundo é a minha paróquia. São Mateus tem 465 anos, sabia? Há ainda umas ruínas antiguíssimas. E agora, na paisagem moderna, um majestoso. Sempre digo: o SESC hoje em dia é um braço auxiliar do Ministério da Cultura. E a bibliotecária Beatriz Pirola e sua equipe resolveram fazer o Primeiro Encontro Literário nessa cidade de apenas 100 mil habitantes.

Vou lhes dizer: o interior está se exteriorizando. Garanhuns também tem uns 100 mil habitantes e há vinte anos faz um festival que atrai 80 mil visitantes. São Mateus (ES) segue a mesma trilha. E quando você ler essa crônica eu terei voltado do Festival do Vale do Café, onde na fazenda Guaritá (do Omar Peres), fui falar poemas enquanto Turibio Santos tocava violão.

Durante este festival dezenas de velhas e indas fazendas da região abrem-se à arte e ao público.

Mas nesta parte da crônica ainda estou em São Mateus. E agora surge uma personagem igualmente emocionante. Estou falando de Josmari Araújo dos Santos, avó espertíssima e contadora de histórias.

Estamos ali num restaurante depois de minha palestra e lançamento do livro quando Josmari se ergue, sem prévio aviso, e começa a contar estórias. O restaurante para. A mulher é fera. Desinibida. Engraçada. Patética quando narra como adotou um garoto que escapou da chacina organizada por policiais que jogavam gasolina nos "meninos de rua", tocavam fogo, antes, é claro, de um tiro de misericórdia na cabeça. Dezenas morreram assim.

E Josmari ali. Contando. Ela, fruto do antigo Proler, que a despertou como contadora de estórias, agora trabalha com cegos, surdos e mudos, produzindo seus livros em braile e em DVD.

Josmari, você é que merecia estar no *Programa do Jô*.

Vou escrevendo isto e fazendo as malas para estar em Ouro Preto no próximo dia 4, quarta-feira, no Encontro Internacional de Contadores de História.

Vocês se lembram da Dona Olympia, que vagava airosamente pelas ruas de Ouro Preto? Pois a Benita Prieto, amorosamente, insiste em me dar o "Troféu Sinhá Olympia".

Se a Dona Olympia estivesse viva e fosse ao *Programa do Jô*, aí é que vocês iam ver, ela ia arrasar.

1º de agosto de 2010

Perguntando por Deus

Aquele cientista inglês Stephen Hawking está lançando um novo livro em que defende a ideia de que o universo foi criado, mas não tem criador. A tese não é nova, mas ele pretende apresentar novos argumentos.

Este assunto mexe com todo o mundo. Sobretudo com os ateus. A discussão sobre Deus geralmente é posta ainda em termos medievais. Faz supor a figura de um velho barbudo, aquele Jeová da Bíblia, que existe para punir e que é até chamado de Senhor dos Exércitos. Para muitos essa visão já está ultrapassada e eles preferem falar de um "princípio vital", de uma "força" organizadora do universo.

Todo físico chega a um momento em que tem ímpetos metafísicos. Até Einstein, considerando o mistério do universo, admitiu que "Deus não joga dados". Ao que Hawking retrucou: "Como é que ele sabe o que Deus anda fazendo?". A conversa vai ficando por um lado engraçada e, por outro lado, muito retórica.

Sou de opinião que a ciência, a religião e a arte tentam responder as questões fundamentais dos seres humanos. São três maneiras diferentes. Alguns tentam aproximar as três como forma de complementar melhor a (impossível) resposta.

A religião resolve o problema através do raciocínio mágico. Introduz a fé, cria lendas e parábolas ilustrativas e romanceando o mistério cria uma narrativa que sustenta e consola os crentes.

A ciência propõe a lógica, a matemática e a razão como formas de equacionar o mistério. Aparentemente é mais modesta que a religião, mas quando faz certas afirmativas é igualmente totalizante, até mesmo quando diz "tudo é relativo".

A arte não pretende explicar coisa alguma, mas exibir nossa perplexidade. Onde a religião cria parábolas, a arte cria metáforas. Onde a ciência cria fórmulas, a arte cria alusões.

O místico aplaca sua angústia com a fé.

O cientista aplaca sua dúvida com o cálculo.

O artista exercita sua insanável perplexidade.

Algumas coisas na ciência me fascinam enquanto grande parábola literária. A ciência, queiram ou não, se faz de literatura. São metáforas puras as ideias de "buracos negros", "cordas no universo" e o próprio "big bang" que teria originado tudo. Acho instigante o cálculo estipulado de que o universo surgiu de uma explosão há 13,7 bilhões de anos. Mas há aí uma coisa curiosa, de novo precisamos acreditar num princípio. Acreditar num princípio talvez seja mais epistemológico que científico. Mas também afirmar que não há princípio nem fim é resolver o problema eliminando-o.

Ou seja, em termos de mistérios não avançamos nada. Continuo a olhar as coisas em pura perplexidade. Essa trepadeira na treliça do jardim, como é que ela sabe para onde ir, como se enroscar, como florescer? Que fabulosa programação é essa nas bactérias e na órbita dos planetas? Minha cachorrinha, como eu, late toda noite para o mistério. Um escultor, certa vez, me disse que as pedras amadurecem. Ou seja, o inanimado está vivo.

E as perguntas continuam.

Não alcançamos respostas plenas, apenas formulamos perguntas precárias.

14 de setembro de 2010

Por falar em Bruna Surfistinha

Onde começa a imagem da atriz Deborah Secco e onde termina a figura real de Bruna Surfistinha?

A rigor, a duplicidade Bruna/Deborah começou já numa outra ambiguidade anterior: Bruna/Raquel. Bruna é a personagem criada pelo jornalista Marcelo Duarte no livro *O doce veneno do escorpião* e Raquel Pacheco a autêntica garota de programa que teve sua vida biografada. Aliás, biografada ou romanceada?

Se você é estudante de comunicação tem à sua frente uma matéria riquíssima para os estudos de "condensação" e "deslocamento" de que falam a linguística e a psicanálise. Pela "condensação" fundimos Bruna e Deborah numa só pessoa e pelo "deslocamento" falamos de uma no lugar da outra. A publicidade funciona assim: colamos a imagem de uma mulher sensual junto de um automóvel. As duas figuras se superpõem. O comprador leva o carro e... a mulher (imaginariamente).

Olho a notícia no jornal. Deborah Secco, lindíssima, em roupa de gala na estreia do filme "Bruna Surfistinha", no Cine Odeon, Rio, sendo cumprimentada por umas cinco moças. A foto representa a realidade, o lançamento do filme. No entanto, embaixo da foto a legenda faz uma "condensação" de imagens: "Bruna e as companheiras de michê".

Estabelece-se a ambiguidade. A foto é de Deborah. Contudo, reparem, o texto não diz Deborah, mas Bruna. E pode-se pensar que aquelas não são as atrizes (companheiras de Deborah), mas as companheiras de Bruna, a prostituta.

Por outro lado o título da matéria é igualmente ambígua: "Bruna Surfistinha tira a maior onda". De qual Bruna Surfistinha se trata? De Deborah a atriz na estreia da peça ou de Bruna propriamente dita?

A matéria continua expondo a ambiguidade, dentro e fora da tela, dentro e fora do teatro. No filme, uma personagem, encenada pela atriz Drica Moraes, diz: "Tá cheio de mulher bonita gostosa e universitária querendo trabalhar". Bem, nesse caso é outra atriz representando outra personagem, que faz essa afirmativa que define algo da sociedade atual. Segundo essa afirmativa, Bruna, ou melhor, Raquel é uma figura exemplar, pois exemplificaria um desejo de moças de classe média hoje...

A realidade e a ficção voltam a se misturar, agora de outra forma. Não é mais a personagem que Drica Moraes representa, mas outra pessoa concreta, uma atriz, Giulia Gam, na plateia do filme e não na tela, declarando: "Ah, toda mulher tem o fetiche de ser prostituta por um dia, nem que seja para o namorado".

Será?

A "condensação" das duas imagens com o eventual "deslocamento" continua. Dou um exemplo: ali no Cine Odeon, diz o jornal, está uma ex-integrante do *Big Brother* – programa que para alguns é o espaço da permissividade e da prostituição chique. Cida Moreira, que saiu da tela do *Big Brother* para a tela de outra televisão em que agora trabalha (nova condensação/deslocamento entre ficção e realidade), acena para a atriz do filme e recebe um beijo de volta da Deborah/Bruna. Dou um salto no tempo.

Em 1968 a peça *Navalha na carne*, de Plínio Marcos, teve Tônia Carrero no papel de prostituta. Quando Tônia representou a prostituta, por mais realistas que fossem o texto e a cena, nem por isto sua imagem na imprensa e na ideologia da época foi confundida com a da personagem. A imprensa da época e o público sabiam que aquilo era "representação". A ambiguidade era zero. As coisas ocorriam no nível do simbólico, da representação.

O que está havendo com a cultura contemporânea?

Houve um tempo em que era mais nítida a diferença entre a representação e o representado.

Há poucos dias foi anunciado que *A navalha na carne* está sendo encenada num hotel de prostitutas na Praça Tiradentes, no Rio. Segundo alguns, na contemporaneidade não há mais fora e dentro, rascunho e texto definitivo, certo e errado, teatro e outras artes, plateia e palco, autoria e apropriação. Não há mais limites, trabalha-se sobre a indiferenciação ética e estética.

Em que ponto uma sociedade passa do exercício da "transgressão" ao estado de anomia?

2 de março de 2011

Recortar a vida
(Roberto de Regina)

Dou-lhes dois exemplos disto que estou chamando de "recorte de vida". Mas, antes, explico: "recortar a vida" é um ato de coragem e sabedoria. É assim: você percebe que a vida é demais – demais da conta, como dizemos em Minas. E já que a gente não "dá conta", o mais sensato é fazer um "recorte", ficar com a parte que nos cabe e, a partir desse fragmento, povoar imaginariamente todo o resto.

Vou dar exemplos.

Outro dia fui ao encontro de Roberto de Regina, na Capela Madalena. Desde os anos 1960, o acompanho a distância. Lembro-me de que, nessa época, ele lançou dois LPs (era o nome dos CDs à época) de canções renascentistas. Encantados, ouvimos todos os que éramos do Madrigal Renascentista, e ficamos pasmos com a qualidade do desconhecido maestro, que largara a medicina pela música.

Largar a medicina para "recortar o espaço da música" foi o primeiro e decisivo gesto de Roberto. Estava pautando sua vida. E prosseguiu, passou a construir os cravos em que tocava. E, radicalizando, resolveu viver num outro espaço, longe do mundo alheio, em Guaratiba, ao lado do Rio. Ali construiu um mundo medieval, renascentista e barroco. Ele mesmo pintou as paredes com painéis e imagens antigas. É um santuário da música. Ali ele dá concertos que antecedem o jantar de seu restaurante. Vestido à moda do século XVII, toca sonatas de Scarlatti e músicas de Rameau. E ainda serve vinho nas mesas, como um tranquilo castelão.

Tem 81 anos e toca prodigiosamente. Formou toda uma geração de cravistas, como Marcel Fagerland. Sobre ele, pode-se dizer que está ali, mas também "não está nem aí" para as glórias do mundo. Está dentro de seu próprio espaço e reinventou seu tempo, vivendo hoje e há quatrocentos anos. Instalou-se dentro de seu sonho.

Outro dia, fui visitar outro "recortador" da realidade, Rubem Grillo. E aqui o termo "recortar" é ainda mais pertinente, pois ele é gravador dos melhores do país. Com a precisão do cirurgião e do entalhador, corta a madeira e dela extrai imagens fabulosas. E, assim como ele corta e recorta a madeira, sua casa é um recorte à beira da favela Pavão-Pavãozinho, no Rio. Ali, esse mineiro de Pouso Alegre vive com sua mulher, Adriana Maciel, e não se deixa angustiar por outros espaços do mundo. Não se precipita em fazer exposições, não força os acontecimentos, passa o dia inteiro cortando e recortando a madeira, fabricando uma sonhada realidade. Vive o instante de seu tempo-espaço integralmente, sem ficar se dispersando na paisagem alheia.

Por isso, me pergunto: que espaço recortamos no tempo-espaço que nos é dado? A maioria das pessoas inexiste, porque vive fora de si, de seu espaço interior. Acham que é no exterior que vão se encontrar.

Recortar o próprio espaço é coisa de artista. E viver é uma arte.

2 de junho de 2011

Redescobrindo a lentidão

Finalmente estamos descobrindo que a velocidade é como a cortisona: uma faca de dois gumes. Boa por um lado, desastrosa por outro. E não há ocasião melhor para pensar nisso que nesta época do ano, que pretende ser uma pausa, mas é correria e aflição.

O *slow* ou o "devagar" está na moda. Bom para os baianos, sobre quem há uma série de piadas louvando-lhes o espírito meio zen. Outro dia a televisão mostrou que várias pequenas cidades italianas estão descobrindo o que seria o "devagar, quase parando". Numa delas criou-se a Secretaria da Medição do Tempo. Extraordinário. Querem saber quanto tempo desperdiçamos no ir e vir, no transporte de bens e de gentes. Se em vez de duas, três ou quatro horas o cidadão gastar somente meia hora no trânsito, vai ganhar tempo para si. Por isso, estão refazendo até a produção e distribuição de alimentos. Se um alimento é produzido a quilômetros de distância de nossa mesa, não só sai mais caro, mas terá elementos químicos para conservação. Uma vez numa cidade alemã provei uma cerveja feita na própria cervejaria. Era uma maravilha. A melhor cerveja que bebi. Não tinha conservantes, era feita para ser bebida ali. Divina.

Desde a revolução industrial, com o navio a vapor e a locomotiva, que entramos aceleradamente na loucura da velocidade. Os futuristas louvaram insensatamente a máquina, que deveria substituir o indivíduo. Deu no que deu. Mas enquanto a publicidade nos tenta com carros velocíssimos e querem nos submergir no jornalismo da velocidade – a notícia em "tempo real" – outros estão fazendo a apologia do "*slow* jornalismo". Ou seja, contra a indigestão das notícias indiscriminadas que nos deixam estressados, para nada.

Aliás, hoje em dia não se vendem exatamente produtos, mas vende-se a velocidade. Vejam os anúncios. Acabei de comprar um iPad e um iPhone e estou tentando, paradoxalmente, combater essa "velocite". E há muito tenho combatido o *fast-reading*, essa leitura rápida, vazia, inútil, da maioria dos best-sellers que lembram o fast-food: o sanduíche informacional, que engorda e pouco alimenta.

A epidemia da velocidade – *time is money* – pode ser vista na presença de relógios em todas as esquinas e pulsos. E tem gente que tem inúmeros relógios e diz que não tem tempo para nada.

Essa enfermidade atacou também a arte. A maioria das obras contemporâneas podem ser exauridas num golpe de vista. São rasas. Basta observar como as pessoas passam depressa nas salas dos museus com obras feitas a partir dos anos 50.

Proponho, como um projeto para 2011, redescobrir a lentidão. Ah, o prazer de ler um livro devagar, reler páginas, ah! o ficar ouvindo um concerto sem pressa, deixar-se ficar diante de um quadro ou diante do mar, à toa, simplesmente olhando, "bobo-olhando", como diziam as crianças de ontem.

Quando vejo essa correria aflita, esse vai e vem formigando nas cidades, tenho vontade de gritar: PAREM! PAREM DE OLHAR PARA FORA! OLHEM PARA DENTRO, SAIAM DO ESPAÇO! CAIAM NO TEMPO!

Não estou mais na Fórmula 1. Estou mais para o jogo de xadrez. Chega da pressa da prosa. Quero a lentidão da poesia.

15 de novembro de 2010

Redescobrindo afetos

Então, ela disse: "Por causa dessa guerra, vou aplicar-me mais às delicadezas". E isto dizendo, foi acrescentando: "O que conta mesmo são as amizades, o afeto, as coisas simples da vida".

Olhei-a com uma correspondente ternura. E ela continuava: "Vou chamar amigos para jantar. Vou reunir mais gente de que gosto. Quero dispor a mesa, acender velas. Não vou ficar aqui apenas me envenenando com essas notícias".

Ela dizia isto como quem dissesse: "Olha ali uma gaivota num balé de asas brancas sobre a lagoa". Ou então, como se interrompesse um assaltante que lhe apontasse uma arma no rosto e dissesse: "Espere um pouco que vou ali comprar flores". Ou, então, como quem cortando uma discussão tensa, advertisse: "Ih! Ainda não dei a ração à minha cachorrinha".

Abrigar-se na ternura.

Voltar às delicadezas.

Tirar da banalidade o oculto mel.

Portanto, se a guerra provoca em nós os piores sentimentos, pode, numa reação igual e contrária, despertar a urgência de coisas cotidianamente humanas.

Uma vez num texto de Aníbal Machado, mineiro que nem eu, quer dizer, melhor que eu, uma vez li num texto de Aníbal Machado, cujas poesias ainda penso em reunir num livro com autorização de seus herdeiros, uma vez li num texto de Aníbal uma frase que dizia que ele se ligava melhor às coisas no momento mesmo de perdê-las. Já Drummond, mineiro que nem eu, ou melhor, mineiro como nenhum de nós, Drummond dizia que amar o perdido deixa confundido o coração.

Perder a paz.

Ou roubar à guerra a paz de que carecemos?

Sempre pensei em como seria a rotina de um pai ou mãe que têm um filho na guerra. Ele está lá sabendo que, em certos momentos, mais que em outros, pode cair morto. A mãe está aqui e tem que arranjar as flores num jarro como se esse fosse o gesto mais importante do mundo. O pai está indo para o escritório e dá bom-dia e alô a quem passa, como se um pedaço dele não estivesse prestes a morrer em alguma parte.

Entendo cada vez mais os que se retiram das pompas do mundo, buscando numa casa de campo o reencontro consigo mesmo através das flores, bordados e animais.

Hoje é domingo. E as montanhas em torno estão à nossa disposição levando o nosso olhar em ondas até o horizonte. Ou podemos ir ao quintal antigo onde havia jabuticabeiras, e onde há sempre segredos a descobrir. Da janela podemos ver coisas banalmente tocantes ocorrendo na calçada: um cão enrodilhado, uma criança na bicicleta ou simplesmente as árvores perfiladas. Cá dentro os objetos da casa estão nos dizendo coisas intimamente preciosas. Olhemos com ternura o corpo amado amanhecendo.

Sim, reunir amigos, potencializar ternuras e afetos.

Pois, apesar de tudo, é primavera.

11 de outubro de 2001

Reencontrando Adélia

Adélia está ali na livraria Travessa do Leblon/Rio, num auditório, apinhado de leitores atentos, respondendo perguntas durante o lançamento de *A duração do dia* (Record). Chegamos meio atrasados, Marina e eu, e ficamos em pé ouvindo. Linda essa Adélia, com esses cabelos brancos, aquele rosto maduro, falando sobre a alucinação que é escrever poesia.

De repente, ela quer citar aquele tradutor de Guimarães Rosa, o nome lhe escapa, eu sopro de onde estou: "Günter Lorenz". Ela nos reconhece, abre um sorriso familiar, acolhedor, e diz que recomendou a uma repórter que me perguntasse sobre aquela estória de como a ajudei na publicação de seu primeiro livro. Ela já está cansada de contar isto.

Realmente a repórter me havia telefonado minutos antes, e contei o que já virou folclore: não nos conhecíamos, mas Adélia me enviou seus poemas. Eu li aqueles textos, alguns manuscritos e fiquei maravilhado. Como quando a gente descobre uma pepita de ouro na bateia, ou uma nova estrela no firmamento, telefonei para Drummond e disse: "Alvíssaras! Surgiu uma poeta em Minas!".

A gente sabe que isto não ocorre todo dia. Mineração poética é coisa árdua. E os astrônomos levam tempo para achar algo novo nos céus. E aquela era uma estrela, das grandes. Estava madura. Pronta. Tinha brilho (ou redação própria).

Quis o destino (e a força de sua poesia) que nossos caminhos se cruzassem. Era eu crítico da *Veja* e resenhei seu primeiro livro ajudando a divulgá-lo além das montanhas. Na verdade, o lançamento do livro no Rio já tinha sido um acontecimento. Além do ex-presidente Juscelino aparecer na noite de autógrafos, também Rubem Braga a recebeu em sua cobertura. E Adélia ali, com sua simplicidade autêntica, imaginem!, pedindo autógrafo das celebridades presentes. Ela que em Paraty, há pouco tempo, teve uma fila de cinco horas de leitores ansiando por seu autógrafo.

De outra feita, uma ex-aluna (Ângela Falcão) que trabalhava com Roberto D'Ávila instigou-o a entrevistar Adélia. Ele me chamou para ajudá-lo. Ela falou aquelas simplicidades que extasiam todo mundo. Pois Fernanda Montenegro, que é mineira, se achou nas palavras dela e me telefonou pedindo para contatá-la. Surgiu então o espetáculo *Dona Doida*.

Aliás, essa estória é engraçada: Ziraldo estava em Belo Horizonte no projeto "Encontro Marcado" e implorou a Araken Távora: "Me leve a Divinópolis, tenho que conhecer Adélia". Ao que Araken comentou: "Imagine, o Menino Maluquinho quer conhecer Dona Doida!".

O que é que a poesia dessa mulher tem?

Leiam as dezenas de teses e não sei quantos ensaios sobre sua obra.

Mas tem algo mais. Agora ela está ali falando aos seus leitores. Diz que são necessárias paciência e humildade para merecer um poema. Que um poema não é um artefato racional. Que a obra de arte é melhor que seus autores, pois fala de nossa densa humanidade. E o mistério continua.

Cássia Kiss e Ramon Mello leem vários de seus poemas. E o mistério continua. Sua fala termina, nos abraçamos, tiramos retrato, forma-se a imensa fila, converso com José – o marido –, singularíssima figura.

Vou para casa e leio os poemas, aumentando a duração do dia e da noite.

O artista é aquele que se dá o luxo de ouvir sua voz interior. Há ruídos demais no mundo, e a poesia, quando autêntica, recupera nossos elos perdidos. Elos que nem sabíamos existir, mas que vão se compondo no fragmento das palavras até que de repente o sentido emerge.

E poesia é isto, revelação, epifania.

27 de outubro de 2010

Réveillon inesquecível

Às vezes as recordações inesquecíveis não são aquelas para as quais nos preparamos minuciosamente bordando todos os detalhes da fantasia. O não planejado, até mesmo aquilo que no momento parece ter sido desagradável, acaba se transformando numa lembrança engraçada e insólita.

Estava, certa vez, com a mulher e filhas morando em Aix-en-Provence, ali no Sul da França. Havia chegado há poucos dias para lecionar na universidade local. Estávamos ainda ajeitando o apartamento novo, havia comprado já o carro, e como o clima era de festas, eufórica e ingenuamente, sugeri à família: "Que tal passar o réveillon em Monte Carlo?".

Monte Carlo, imaginem! Ali ao lado, cidade-estado mítica com o rei Rainer casado com Grace Kelly, tudo parecendo cinema, com cassinos e corridas, nada mal como cenário para uma festa-presente à família.

A viagem começa cedo. Que tal, em vez de um almoço, já que vamos jantar muito bem, que tal um piquenique na beira da estrada com um Chablis, patês, presuntos, queijos, enfim, todas aquelas delicadas iguarias provençais. E lá fomos tranquilamente parando aqui e ali para melhor ver paisagens e monumentos históricos. De tardinha chegamos a Monte Carlo e resolvemos dar uma circulada pela cidade antes de escolher hotel e restaurante.

E aí a primeira surpresa. O primeiro e lindo restaurante vislumbrado já não tinha mais vaga. O segundo e belo restaurante escolhido já não tinha mais vaga. O terceiro, o quarto, o quinto e o décimo, todos os restaurantes da cidade já estavam reservados por previdentes turistas. E também todos os hotéis.

Não tem importância, pensamos. Aqui em volta tem uma porção de cidadezinhas deliciosas. Rumamos para a primeira. E toca a procurar restaurante e hotel. Tudo cheio, tudo completo. Depois da terceira cidadezinha, uma ideia aparentemente genial: "Ah! Se esses franceses não nos querem? Então vamos comemorar nosso réveillon na Itália". Afinal a fronteira era a meia hora dali. Decepção, quase revolta. Os guardas italianos da fronteira pedem-me os documentos do carro, percebem que ainda não fiz o seguro contra roubo e dizem categóricos que sem esse seguro seguramente eu teria que voltar a pé, pois os ladrões não facilitam com carro de turista.

Desnorteados diante da noite que avançava, retrocedemos. Vamos voltar a Menton. Havia um hotelzinho lá em cima da montanha que não ousamos ver quando por ali passamos. Zarpamos para trás. Faltavam apenas duas horas para a passagem do ano e em nossa cara o desconsolo diante da eminência de passar um réveillon dentro do carro com os restos de presunto, patê e queijo e uma garrafa de vinho vazia. Mas Deus na sua infinita misericórdia socorre os imprevidentes que não sabiam que, na Europa, quem não faz reserva para tal festa com quinze dias de antecedência fica na neve. Havia, milagrosamente, um lugar naquele hotel. Um hóspede teve que sair antes da data combinada. Então, desembarcamos, numa correria para trocar de roupa e sair, agora, à cata de um lugar para comer. Nunca três mulheres se aprontaram tão rapidamente na história da Provence.

E começa a peregrinação em busca do restaurante. Fomos baixando o nível de exigências. Daí a pouco já topávamos restaurante japonês. Estava ocupado. Aceitávamos pizzaria. Tudo tomado. Tentamos um restaurante vegetariano. Espantosamente lotado. O carro zanzando pelas ruas de Menton. Pessoas bem-vestidas, chiquérrimas. Muitas italianas com casacos de pele haviam cruzado a fronteira para vir aqui. Quer dizer: as pessoas faziam reservas lá dos países de origem, e nós já meio penetras olhando a festa alheia.

Onze e meia da noite, e, de novo, o Senhor que tantas vezes salvou David, Jeremias e até Jó do desespero apontou-nos uma cafeteria na estação. Uma cafeteria, sim senhores, com mesa de fórmica, aquela luz mortiça, umas cinco ou seis pessoas assentadas. Deviam ser deserdados da sorte como nós. Que sentimento de fraternidade, que sensação de hospitalidade, que indescritível gratidão quando o dono da cafeteria nos aceitou apontando uma mesa. Faltavam poucos minutos e o prato que oferecia era um espaguete a óleo e alho. Isto soou como caviar. Assentamo-nos como se estivéssemos no Tour Dargent. E surpreendentemente começa ali a soar música, música brasileira, Jorge Ben. Quando a pasta chega e abrimos o vinho (ou será que era refrigerante?) o dono da cafeteria acende nas mesas uns fogos de artifício, uns vulcõezinhos, e disponibiliza confetes e serpentinas. De repente, estávamos dançando com uma meia dúzia de desconhecidos, numa fraternidade felliniana, dançando, comendo, cantando, rindo de nós mesmos, rindo do mundo, felizes como se tivéssemos ido ao melhor réveillon da Provence.

26 de fevereiro de 2004

Saindo das cinzas

Um homem está precipitando-se do alto do World Trade Center, em chamas, em Nova York. Não é o único. Dezenas de corpos vivos, incendiados pelo desespero e ódio alheio, jogam-se lá de cima, depois que dois aviões pilotados por terroristas chocaram-se contra aqueles edifícios e contra a humanidade.

Outros estão descendo desesperados pelas escadarias em meio à fumaça, gritaria e destroços. Mas agora um homem está caindo do alto do sólido mundo capitalista e se condensa numa foto antes de se desmanchar no solo.

Estou acompanhando esse corpo que cai.

Sei que dentro de poucos minutos serão milhares de mortos e feridos empilhados nas ferragens dos dois edifícios que se derretem, derretem-se paradoxalmente em chamas ante o nosso gelado espanto. Mas meus olhos estão paralisados nesse corpo que se jogou lá de cima, embora, ao lado, acima, já antes dele, outros corpos risquem o espaço numa precipitada chuva de desilusões e pânico.

Concentro-me nesse único corpo que cai, porque como dizia outro poeta "meus olhos são pequenos para ver" a imensidão do horror que por toda parte se espalha.

Há quinze minutos, no entanto, aquele homem estava no seu escritório atendendo um telefonema. Falava com sua mulher sobre um compromisso que teriam à noite, e ia começar a conferir números do mercado financeiro. Estava com os pés sobre a mesa e olhava através do altíssimo e envidraçado edifício o mundo lá fora. A vida era estável. Lá no alto as oscilações da bolsa o embalavam. Lá do alto via toda a ilha, a baía com os barcos e os aviões que chegavam e partiam. Não, ele não sabia que um avião havia decolado contra seu corpo e seu país e vinha ferozmente em sua direção, arrebentando a placenta de aço e vidro onde se aninhava.

Diria, portanto, que ele estava absurdamente tranquilo. Afinal, era um belo dia aquele, dia azulíssimo. Havia se despedido dos filhos, depois do suco de laranja, do ovo cozido, do pão com geleia, iogurte e sucrilhos. Havia beijado a esposa, pegado o chaveiro, a pasta de trabalho e, tirando o carro da garagem, atravessara a cidade fazendo planos e conjecturas para o amanhã. Passou pela portaria do edifício como se fosse um dia comum, cumprimentou pessoas e funcionários, fez uma piada qualquer ao entrar no escritório, como se a vida tivesse alguma graça. Seguiu insensatamente, sem saber que naquele dia deveria ter trazido asas para sobreviver ao acaso. Ele não tinha consciência que mais que a maioria dos homens, ele era um homem que não podia mais adiar sua morte. Tinha quinze ou cinco minutos de vida e continuava sorrindo e fazendo planos.

Do horizonte da história, de repente, surge um avião pilotado pelo ódio. Nenhum radar foi capaz de rastreá-lo, detê-lo. O choque, o estrondo, ecoou por todo o mundo. E quando a perplexidade ainda se concentrava no primeiro edifício, o segundo recebia também o impacto de outro enlouquecido avião. Fugindo das chamas, por entre corpos flamejantes, atordoado, agarra-se à tênue linha de vida que sobrou, liga o celular e joga no ar as últimas palavras de amor para sua mulher. Acuado pela apocalíptica irracionalidade e pelo pânico, lança-se ou é lançado absurdamente no vazio.

Agora seu corpo está despencando lá de cima enquanto uma fogueira histórica segue ardendo corpos e consciências.

Com aquele homem e naquele homem despencava mais que um homem. Com os milhares que com ele morreram fez-se algo mais que um simples cemitério. Com aqueles dois edifícios desmoronava-se uma época.

Talvez sobre essas cinzas e sangue ainda se possa construir alguma coisa.

13 de janeiro de 2003

Salvo pelo Flamengo

No navio, antes de partir, o colega de Chaves, troçando, lhe dizia, "você precisa ter um time, vou lhe dar uma camisa do Flamengo, olha aí, toma lá".

O outro fez uma pilhéria com a tal camisa, dizendo "é, vou usar isto mas para limpar o chão, deve servir para alguma coisa".

E embarcaram.

E lá vai o navio em alto-mar, mar altíssimo, ao que parece, porque, de repente, começou uma tempestade. Estavam se aproximando da costa da Colômbia e onda vai, onda vem, no meio da tormenta surge outro tormento – há um desentendimento entre o comandante e o seu subordinado, o qual, irado, deixou seu posto desguarnecido. Não podia haver lugar pior para essa briga. Pois, naquela região, dizia-se, de sessenta em sessenta anos, havia uma baixa da maré, então as rochas submersas apareciam e os barcos encalhavam.

Pois encalhou, o navio encalhou. Pior, danou-se. Começou a afundar. Exatamente como nos filmes. Começou a ir a pique, a adernar, e foi aquela correria, escaleres baixando, e o comandante, mesmo desautorizado pela crise, ia autorizando isto e aquilo e mantendo a tradição de ser o último a sair do navio.

Vários escalares já haviam sido lançados ao mar e quando o último, que era o do comandante, estava baixando, houve um problema: a embarcação ficou meio de banda, meio torta, suspensa de lado e as cordas e cabos não funcionavam. Enfim, o navio ia afundar com o escaler, seu comandante e os últimos marinheiros.

Foi então que Chaves, o que nunca havia torcido por qualquer time e achava que ia usar a camisa do Flamengo para limpar chão, teve instintivamente um surto heroico e solitário. Saiu do escaler que estava suspenso e subindo pelas cordas, alcançou de novo o navio e desesperadamente começou a mexer nos cabos até que o escaler, desembaraçado, caiu direitinho dentro d'água, zarpando logo.

O comandante e seus marinheiros se mandaram, e enquanto o navio soçobrava, o Chaves, só, sobrava lá em cima. Olhou para um lado, olhou para outro e rumou na direção de um bote salva-vidas que ainda restava e, lançando-o ao mar, pulou em seguida, mergulhando.

Infelizmente os companheiros dos outros barcos já estavam longe. Não dava mais para alcançá-los. Distanciando-se, distanciando-se, ele se perdeu. Ficou no mar à deriva, 28 dias.

Sorte que havia no bote quatro kits de sobrevivência, e cada kit devia ser útil por quinze dias. Mesmo assim era uma comida que já no segundo dia se mostrava meio insuportável. Verdade é que tinha uns apetrechos, o anzol, por exemplo, que lhe permitiam variar seu menu, a faca, e outros objetos. Enfim, ele tinha que se virar tirando comida do mar também. Mas água salobra não é lá muito agradável.

E, de repente, seu bote vai dar numa praia colombiana. E, como se tudo tivesse ocorrendo rapidamente, viu-se cercado de uma dezena de homens armados de metralhadora, com cara de índios. Chegara a um dos grandes portos de droga. Aqueles tipos mal-encarados, ao verem o nosso personagem se aproximando sozinho na balsa, deram-lhe porrada e aos gritos de "mata! mata! mata!" foram ensaiando sua morte.

Estava ele para morrer, quando um dos traficantes pega a mochila do náufrago sacudindo-a ferozmente e derrama o conteúdo sobre a areia. Desembrulha-se no meio de tudo uma camisa do Flamengo. E, como se estivessem diante de um objeto sagrado, os índios traficantes começaram a pular e a gritar:

ZICO!
PELÉ!
ZICO!
PELÉ!

Tudo virou uma festa, um congraçamento. E a camisa do Flamengo que ia ser usada para limpar chão virou um talismã na vida de Chaves para sempre.

27 de agosto de 2008

Sangue e orquídeas

Quando o carro entrou numa dessas ruas de Ipanema, o chofer começou a comentar sobre as orquídeas que estavam florescendo nos troncos das árvores: "É legal isto, é legal que os moradores peçam aos porteiros para colocarem nas árvores em frente as orquídeas que ganharam; eu adoro orquídeas, aliás, tenho lá em casa 38 diferentes espécies delas...".

Ia ouvindo. O chofer era bem-apessoado e parecia um diplomata do Itamaraty. Pensando no contraste das coisas, disse para ele que ainda bem que ele estava me falando de orquídeas, pois havia pegado dois táxis nessa semana, e o assunto foi sangue. O primeiro taxista, quando cruzamos por alguém que estava pedindo esmolas, soltou essa frase no ar: "Se houvesse concurso para carrasco, eu ia me candidatar". E, antes que eu absorvesse o impacto da sentença, prosseguiu dizendo que era necessário acabar com os bandidos, mas que deveriam, ao invés de matar uns cinco por dia, juntarem logo um punhado e liquidarem todos. Ele estava reativando, ao seu modo, a "solução final" bolada pelos nazistas contra os judeus. Prosseguiu falando que, como carrasco, ia aplicar a "tortura russa" e revelou que sabe tudo sobre isto, tem filmes, livros etc.

O outro taxista, logo no início da corrida, havia me revelado que tinha dois empregos, era policial.

Falava rindo, parecia uma criatura feliz. Tirou o celular do bolso e me fez ver o retrato de sua filha pequena, e foi logo dizendo que antes de casar e de a filha nascer ele era um canalha total. Pergunto-lhe se como policial ele sobe os morros para guerrear. "Eu, meu amigo, eu sou o primeiro, vou na frente, tenho nove balas no corpo."

Isto posto, pegou o celular de novo e me faz ver o retrato do irmão, também policial, morto há pouco tempo num confronto com bandidos. Era um tipo alto e forte, tatuado e com rabo de cavalo. Deixou com ele, um filho para cuidar. Mostra-me a foto do garoto órfão e me diz satisfeito que quem matou o irmão também já morreu.

"Meu pai também é policial, lá em casa todo mundo é policial." E aí a conversa resvala do grotesco para a quase comédia, não só porque ele falava sempre rindo e feliz, mas por enfatizar que o pai, sim, esse é que "homem". E vai descrevendo um personagem que faria inveja a muito romancista. Seu pai, que é delegado, nunca ri. Aliás, nunca deixou filho abraçá-lo ou beijá-lo. "Quando levei minha namorada para conhecer minha família, mal acabei de apresentá-la, ele me deu uma surra na frente dela dizendo que era para eu aprender, que tinha que respeitar a moça. Meu pai é incrível, todo mundo respeita ele. Um dia, na delegacia em que trabalho, precisava dar um pulo em algum lugar, não tinha carro, peguei um carro que tinha sido roubado e estava no pátio. Fui, quando voltei, pro meu azar dou de cara com meu pai na porta da delegacia. Me perguntou: 'esse carro é seu?'

E como eu dissesse que não, ele me cobriu de porrada ali mesmo, eu fardado, com revolver na cintura, apanhando. Meu pai é fogo. Eu amo meu pai. Acho que todo mundo deveria ser educado assim."

Pergunto-lhe como o pai trata os netos.

"Ah, com os netos é diferente. Ele chega lá em casa, e só comunica pra gente que vai sair com eles, nem perguntamos para onde, ele sai, e aí faz tudo o que os netos querem, compra balas, sorvetes, vai ao cinema. Depois ele volta, devolve as crianças, sempre sério."

– Mas com os netos ele ri? – pergunto.

– Sim, com os netos ele ri. Fazem com ele o que bem querem.

O carro segue andando, e eu pensando: ainda bem que existem netos. Netos e orquídeas.

25 de setembro de 2007

Sexo e guerra

Leio no jornal que os soldados americanos que estão aterrorizados no Iraque são estimulados a virem gozar férias eróticas no Rio de Janeiro. Há uma agência de turismo vinculada ao Departamento de Defesa que oferece "balada quente" no Brasil. A agência não poderia ter um nome mais apropriado – "Tours Gone Wilde", algo como "viagens muito loucas". O pacote para um americano é barato, chega a 3 mil reais. E prometem tudo, muita mulher, muita loucura. O próprio site do exército dos EUA anuncia que este programa denominado de "Descanso e Recuperação" para os combatentes "é para dar alívio aos servidores e livrá-los do estresse da missão de combate".

Fantástico. Descaradamente objetivo.

Já lhes disse que quando morei em Los Angeles, nos anos 60, acompanhei a guerra do Vietnã de maneira peculiar. Não era apenas pela televisão, não era apenas pelos protestos nas universidades. Eu morava diante de um cemitério de "veteranos". Milhares de cruzes amargas sobre o pacífico gramado. E todo dia desembarcavam novos mortos. E aí, li um dia no *Los Angeles Times* uma notícia semelhante a essa, que transformei num poema que está no livro *Textamentos*. Depois da batalha numa montanha chamada ironicamente de "Humburger Hill", após dez dias de chacinas e centenas de corpos despedaçados pelas bombas da aviação, o conflito terminou. E o jornal concluía: "Celebrando a vitória, os soldados foram passar dois dias nas praias do Mar da China".

Lia isto e ficava pensando: como é que fica a cabeça de uma pessoa que sai matando pessoas e ainda ganha como prêmio ficar se queimando à beira-mar, claro, também numa "balada quente" preparada pelo serviço de inteligência ou relações públicas do exército? Nesses dias vocês estão vendo esses dois filmes do Clint Eastwood sobre Iwo Jima e constatando como a cabeça dos soldados vira um mingau depois da guerra.

Pois antigamente, ao tempo dos gregos, dos persas, romanos e dos mongóis, os atrativos da guerra eram vários: os soldados podiam saquear as cidades, violentar mulheres e fazer escravos. Com o tempo os países modernos foram dando salários para os soldados, embora os roubos e violações continuem até hoje.

As pessoas que viram o filme *Pantaleão e as visitadoras*, baseado na obra homônima de Vargas Llosa, se divertiram de algum modo com o fato de o exército peruano ter providenciado uma unidade de prostitutas para atender aos soldados na Amazônia. Nas guerras antigas, prostitutas também seguiam os exércitos normalmente.

Dizem os especialistas que o instinto de guerra está ligado a testosterona – hormônio que atua na potência erótica e na agressividade masculina. Quantos soldados têm os EUA no Iraque? Agora vão mandar mais 20 mil. Me lembro que o Vietnã chegou a ter mais de 500 mil.

Haja testosterona.

Haja prostituta.

Não dá para montar tantos prostíbulos assim em países mulçumanos. É melhor se a coisa for discreta, disseminada, em praias longínquas. Só nestes dias já morreram mais de mil iraquianos. Não tem importância. As companhias de turismo em outros países vão faturar, pois os soldados "precisam se livrar do estresse na missão de combate".

13 de fevereiro de 2007

Sexo, faca e morte

Há alguns anos o diretor de teatro, Luiz Antônio Martinez Corrêa (irmão de José Celso), que morava aqui perto de minha casa, em Ipanema, foi assassinado com facadas.

Há alguns anos, Aparício Basílio, artista e amigo, conhecidíssima figura do soçaite de Rio e São Paulo, foi assassinado da mesma forma em São Paulo.

Há alguns anos, meu amigo Almir Brunetti também morreu esfaqueado em Brasília. Conheci-o primeiro em New Orleans, onde ele era professor, e depois o revi várias vezes na Universidade de Brasília e no Rio.

Com algumas variantes, ocorre-me a lembrança do memorialista Pedro Nava, do editor Emanuel Brasil e do meu aluno Maurício, que escreveu uma tese sobre *O duplo*.

Esta semana morreu esfaqueado em Curitiba o escritor Wilson Bueno, que também conheci. Ele é autor de alguns livros instigantes, dirigiu o jornal *Nicolau* e escreveu um livro prevendo a futura mistura do português e do espanhol.

Faca, sexo e morte.

Que estranha atração imanta essas palavras e estraçalha vidas?

Que percepção patética teve Freud quando decifrou alguns dos símbolos que organizam nossas pulsões?

Pois há alguns meses li um conto de Marcus Vinícius Rodrigues intitulado "A omoplata" e fiquei impressionado, impressionadíssimo. É um dos mais tocantes e bem escritos textos sobre essa nebulosa margem entre o crime e o amor, entre o desejo e o perigo.

Eu havia conhecido Marcus Vinícius há uns dois anos quando fizemos, com outros escritores, uma série de conferências no interior da Bahia. Mas só vim recentemente a ler aquele conto sobre a relação erótica entre um homem e um "menino". Semana passada, por coincidência, em Salvador ele assistia a uma palestra minha e me deu esse conto publicado num livrinho, *Eros Resoluto* (Editora Cartas Baianas).

O conto, como uma navalhada na carne, é de uma precisão fatal. Começa com uma indagação: "E essa cicatriz?". E faz uma pequena descrição de uma cicatriz que um dos amantes tem na omoplata.

> Ele passou a mão pela omoplata esquerda do outro. Era um risco em diagonal. Começava perto do ombro, o esquerdo, e ia descendo e se aproximando da coluna. Ele estava deitado de costas na cama. O outro, de bruços sobre ele, as pernas sobre seu ombro direito, abraçado em suas pernas. Nus. Ele acariciava o corpo do outro, as coxas, a bunda, as costas, numa lenta preguiça.
> – Parece que lhe arrancaram uma asa.

E o conto prossegue numa atmosfera ambígua, difusa, em que sexo, ameaça e perigo se atraem.

A cicatriz parece feita com faca. É uma sugestão. O texto é cortante. O menino parecia um anjo e um anjo perverso. Corpos e mentiras se entrelaçam. A cicatriz lembrava corte de faca, mas podia ser o esforço para se implantar ali uma asa de anjo. Tudo era falso e verdadeiro: "encontrado na rua, um menino que poderia ser um assaltante, tão falsa aquela história do colégio de freiras", que teria originado a cicatriz.

E a história vai para seu desfecho trágico, não narrado diretamente, mas sutil e inteligentemente sugerido. Depois de diálogos, brincadeiras, ameaças veladas e declarações de amor, o personagem dirige-se à cozinha onde nota a ausência de uma faca.

> Na ordem absoluta havia apenas uma falha: a gaveta de talheres imperceptivelmente entreaberta. Um alarme estourou na sua cabeça. Ele não abriu a gaveta, mas o que não via se mostrava nítido em seus olhos. Parecia tão claro. Todas as cenas voltaram como um relâmpago. As conversas. Tudo em velocidade, até um momento se fixar. O sorriso do menino tilintando atrás de uma frase:
> – Quem te salva?
> Ele lembrou. Num instante rápido, quis que nada disto tivesse acontecido, queria não ter se deixado levar por... Devia ter tomado mais cuidado. Queria retroceder, escapar, mas tinha ido longe demais, já estavam num ponto em que não se pode mais voltar.

4 de julho de 2010

Sophie, Manolo e a Torre Eiffel

Na Torre Eiffel, em Paris, estão os nomes de 72 homens que a construíram. Mas falta o nome de uma mulher, sem a qual tal torre não se sustentaria. Ela se chama Marie Sophie Germain, nascida em 1776, e que, ao morrer em 1831, foi classificada num estranho atestado como "solteira sem profissão".

Quem é essa mulher? Por que seu nome não está lá? Como corrigir isto?

Manuel Graña Etcheverry – escritor-linguista-poeta argentino, hoje com 92 anos, indignado com o não reconhecimento histórico de Sophie, escreveu no último 3 de maio uma carta ao presidente Sarkozy reivindicando uma placa ao pé da Torre Eiffel declarando Sophie "l'ame de la Tour Eiffel" (a alma da Torre Eiffel). Não tardou, no dia 7, M. Cédric Goubet, chefe do Gabinete da Presidência, lhe responder dizendo que Sarkozy interessou-se pelo assunto e o encaminhou à ministra da Cultura, a qual imediatamente respondeu reconhecendo a importância da questão, mas esclarecendo que a prefeitura de Paris é que era proprietária da Torre.

O bravo Manolo, que para nós brasileiros é o genro e tradutor de Carlos Drummond de Andrade, voltou à carga, secundado sempre por Olga Elena Riutort, ex-deputada federal que realizou trabalhos extraordinários em defesa das mulheres, e Alicia Susana Menta, ultimamente candidata à assembleia argentina. Manolo, diga-se de passagem, também já foi deputado e foi quem introduziu uma lei permitindo o voto feminino na Argentina. Mas onde a relação com Sophie vai se estreitando mais é no fato de que Manolo é um matemático amador, pai do professor de matemática residente no Rio, Maurício Drummond, e Sophie é considerada um dos maiores gênios da história da matemática.

Manolo pôs-se a estudar a injustiça histórica contra Sophie. Leu *História de las matemáticas en los últimos 10.000 años*, o *Penguin Dictionary of Women*, *O último teorema de Fermat* e *A música dos números primos*. Esse Manolo, que é autor de um livro chamado *Poemas para físicos nucleares*, não é fácil. Assim foi percorrendo toda a biografia da injustiçada Sophie, desde quando ela teve que se passar por homem, sob a alcunha de Antoine-August Le Blanc, para poder estudar na Politécnica de Paris. E era com esse pseudônimo que se correspondia com o célebre Carl Friederich Gauss. E este só soube da verdadeira identidade de Sophie quando foi poupado de ser molestado pelas tropas de Napoleão que invadiram a Prússia em 1806, por causa de uma carta-pedido de Sophie a um dos generais napoleônicos.

Pois ela não apenas se correspondia com Gauss, mas este propôs que ela recebesse o título de doutora pela Universidade de Gottingen. No entanto, ela morreria pouco depois de câncer no seio. Mas o crítico H. J. Mazas a considerou "a maior intelectual produzida pela França". Augusto Comte, desculpem-me o trocadilho, a tinha em alta conta. Com efeito, aos treze anos ela se empolgou com a vida e obra do matemático Arquimedes, estudou física, tentou resolver o Teorema de Fermat e especializou-se em resistência dos materiais. Enfim, dizem os especialistas que, sem seus estudos, a Torre Eiffel não poderia ter sido construída.

Hoje existem ruas, liceus, hotéis em Paris com o nome de Sophie, a sábia. Deram até o seu nome a uma das crateras de Vênus. Está certo. Mas cratera é um buraco. Seria bom preencher o buraco, a lacuna da autoria da Torre Eiffel. Alguém vai dizer: a Torre é muito posterior, foi acabada em 1889. A isto, lhes advirto, só se pode responder entendendo o impossível:

O impossível acontece

O Messias nasceu de uma Virgem.
O grande pensador grego nunca escreveu um livro.
A Nona Sinfonia é fruto de um homem surdo.
Na Biblioteca de Babel o leitor era um poeta cego.
E não tinha mãos, o homem que fez
as mais belas esculturas do meu país.

9 de julho de 2009

Superando as leis da selva

Estava eu lhes dizendo algo a respeito da delicadeza e da elegância. E gostaria de tomar o caso sucedido entre Charles Darwin e Alfred Russel Wallace para mostrar que houve um tempo em que as relações entre as pessoas se pautavam por expressões que nem se usam mais, como "cavalheirismo" e "nobreza de espírito".

O que vou lhes narrar suscita logo a pergunta: será que dois indivíduos, competindo no mesmo ramo, podem ser honestos e elegantes no seu relacionamento? Será que tudo deve ser como nas corporações modernas, uma luta feroz e fratricida pela sobrevivência egoísta do indivíduo, na qual vale tudo para eliminar o outro?

Vejam só. Darwin havia feito entre 1831/1836 aquela fantástica viagem de cinco anos ao redor do mundo e colhido materiais que serviriam para sustentar sua teoria sobre a evolução das espécies. Mas na sua volta a Londres, embora apresentasse aqui e ali algumas de suas observações, não cuidou de formular oficialmente sua descoberta. Assim, passaram-se uns vinte anos. Talvez ele receasse o confronto entre seu achado e o sistema oficial.

Eis senão quando, como se diz nas histórias de suspense, ele recebe, em 1858, a carta de um cientista doze anos mais jovem – Alfred Russel Wallace. Nesta carta, Wallace, que fazia pesquisas nas ilhas da Malásia e havia estado até na bacia amazônica entre 1848 e 1852, apresentava a Darwin suas surpreendentes descobertas sobre a evolução das espécies, observações que coincidiam uns muitos pontos com o pensamento de Darwin.

Enquanto ia lendo a carta, na Mansão Down, Darwin ia ficando pasmo e emocionado, e se perguntava: "Ele não poderia ter feito melhor resumo do meu trabalho desenvolvido nesses 22 anos...".

O que você faria essa situação? Rasgaria a carta? Diria que nunca a recebeu? Publicaria imediatamente as suas descobertas como se fossem só suas?

Afinal, Wallace estava lá no fim do mundo. Verdade que não era um desconhecido, mas tudo com ele era difícil. Enquanto a primeira viagem que Darwin fez teve todo o apoio oficial e foi um sucesso, a primeira viagem de pesquisa de Wallace foi uma tragédia: o navio com tudo o que trazia naufragou e lá se foi o trabalho de quatro anos.

Pois Darwin fez um acordo de cavalheiro com Wallace. A correspondência que trocaram é um raro e magnífico exemplo de honestidade intelectual. E, embora Darwin tenha resolvido se apressar para publicar seu livro, que saiu no ano seguinte (1859), decidiu também, em 1º de julho de 1858, comparecer ao lado de Wallace na Sociedade Lineana de Londres e fazer com ele uma apresentação conjunta de suas descobertas.

Claro que os livros didáticos continuam a dar todo o crédito a Darwin. Isto lembra até a relação entre Marx e Engels. Quem lê a biografia de ambos, desconfia que Marx jamais existiria sem Engels.

Mas não deixa de ser interessante notar que exatamente os dois homens que descobriram a feroz lei da seleção das espécies na luta pela sobrevivência tenham, graças a princípios de ética, agido civilizadamente contra as leis da selva.

5 de fevereiro de 2008

Ter uma ideia

Volta e meia pessoas julgam ter tido uma ideia genial. As redações de jornais (do meu tempo) eram sempre invadidas por inventores e iluminados que queriam comunicar ao mundo suas descobertas. Desde Platão e Aristóteles que está difícil ter ideias novas, mas insistimos.

As gerações mais recentes de Minas não conheceram o Fritz Teixeira de Salles. É dele uma estorinha a respeito.

Em torno dos anos 60, futuros e maduros escritores encontravam-se de tardinha na entrada do edifício Dantés, na Livraria Itatiaia e no Lua Nova. Fritz, entre todos, era sempre uma festa verbal e afetiva. Comunista histórico, com irônico ódio aos Estados Unidos, contou-nos, gesticulando, a seguinte parábola capitalista em torno de "ter uma ideia".

Um dia um cidadão americano teve uma ideia. Uma ideia para um filme. Como naquela sociedade pragmática e utilitarista ter uma ideia pode tornar a pessoa milionária, pois é patenteada, industrializada e exportada para o mundo inteiro, ele tentou vender sua ideia para um estúdio cinematográfico. Escrevia cartas e não tinha resposta. Telefonava e não conseguia atenção.

O homem da ideia resolveu infiltrar-se num estúdio. Escondeu-se no teto do *set* de filmagens, e quando um diretor ia gritar "ação", ele desabou no meio da cena e gritou: "Eu tenho uma ideia!".

Fez-se um espantoso silêncio capitalista. O diretor levantou-se, dirigiu-se a ele como quem vê uma pedra preciosa ou um animal raro e indagou: "Você teve uma ideia, aqui, nos Estados Unidos?". (Fritz dizia isto ironizando a possibilidade de o cidadão americano pensar por si mesmo.) "Sim, eu tive uma ideia", repetiu. Então, o diretor cobrou: "Diga qual é".

O homem da ideia, vendo que o outro mordeu a isca, foi logo ponderando: "Não, não é assim não, primeiro eu assino o contrato, depois conto a ideia". Assinou, a ideia era mesmo boa, o filme fez um sucesso tremendo.

Daí a um ano o diretor pensou: "Cadê aquele homem da ideia? Precisamos de outra ideia". Mas não conseguiam achá-lo. Mobilizaram o FBI, a CIA e, enfim, o localizaram em Paris. "Queremos outra ideia!", lhe propuseram. E ele: "Alto lá, pêra aí. Eu pra ter aquela ideia viajei, vivi e pra ter outra ideia preciso viver e viajar. Vamos assinar outro contrato pelo qual vocês vão me pagando, eu vou vivendo, quando tiver uma ideia lhes comunico".

E não é que assinaram esse contrato? De vez em quando o homem da ideia mandava uma das ilhas dos Mares do Sul, anos depois, outra da Finlândia. E assim viveu o resto de sua vida sendo regiamente pago para ter ideias.

Ia terminar essa crônica por aqui com mais uma ou outra frase que pretendia que fosse apropriada para desfecho, quando me lembrei do que ocorreu com Alceu Amoroso Lima (o crítico Tristão de Athayde), que serviu de cicerone para Einstein quando este veio ao Brasil no princípio do século XX. (Na verdade, já vi essa estória tendo Paul Valéry como personagem.) De qualquer modo, indo e saindo de almoços, embaixadas e monumentos com o célebre autor da teoria da relatividade, Alceu estava sempre anotando coisas num caderninho. Intrigado com aquilo, Einstein resolveu perguntar a Alceu (ou Valéry): "O que é que você tanto anota nesse caderninho?". "Ah!" – respondeu – "toda vez que tenho uma ideia eu a anoto neste caderninho para não perdê-la".

Ao que Einstein arrematou: "Engraçado, eu só tive uma ideia até hoje...".

4 de outubro de 2010

Um livro perturbador

Eis um livro que vai complicar a visão que se tem dos franceses durante a Segunda Guerra Mundial. O título, ainda em inglês, é *And the Show went on* ("E o espetáculo continuou"). Adquiri esse livro há poucas semanas em Paris, sintomaticamente numa livraria de livros em inglês. Soube que será traduzido pela Cia das Letras. Vai dar o que falar e mexer com a admiração que muitos têm por certos ícones culturais franceses.

E eu havia conhecido Alan Riding quando ele e Marlise Simons (nos anos 70 e 80) eram correspondentes do *The New York Times* na América Latina. Já disse algumas vezes que eles dois é que tornaram a Amazônia um assunto internacional ao botarem, há uns trinta anos, nossa imensa floresta no mapa das preocupações internacionais.

Pois o Alan, que foi criado no Brasil, agora comprou uma briga maior ainda. Ele já havia produzido um livro intrigante sobre o papel dos intelectuais na América Latina (*Distant Neighbors* – "Vizinhos Distantes"), mas agora pegou de jeito a intelectualidade francesa. No prefácio ele comenta que sempre ficou intrigado com a relação entre os intelectuais e o poder. Diz: "Eu era repórter cobrindo os violentos regimes militares na América Latina em 1970 e 1980. Ali, as elites culturais mantinham-se discretas, seja apoiando a resistência armada ou protestando no estrangeiro, mas poucos se venderam aos ditadores". No caso francês, segundo ele, foi diferente, e esse livro é um diagnóstico de um assunto que ainda é tabu na França hoje.

Não sei se algum editor francês vai ter coragem de publicar esse livro, pois a maioria deles, a exemplo de Bernard Grasset, fica muito mal na sua subserviência aos nazistas. Aliás, a própria Academia de Letras da França fica péssima, pois elegeu como um de seus imortais o general Pétain, que foi quem abriu as portas da França aos nazistas.

Lendo esse livro, a gente entende por que até hoje os franceses não elaboraram histórica e psicanaliticamente a questão dos "colaboracionistas". É que havia muito mais colaboracionista do que se pensa. Alan mostra que havia um antissemitismo latente entre os franceses, e que eles embarcaram logo nessa política de "purificar" o país descartando os judeus. Não era só o romancista Celine, descaradamente pró-nazista. Nem era só o cantor Maurice Chavalier e Edith Piaff – que viajaram à Alemanha para cantar em campos de concentração. No livro está a foto (1941) de pintores como Maurice de Vlaminck, Van Dongen e André Derain junto com oficiais alemães embarcando para expor na Alemanha. Entende-se que a lei da sobrevivência é instintiva, que caráter e mérito artístico nem sempre coincidem. Quem já viveu sob uma ditadura sabe como uns aderem e outros preferem o silêncio. Resistir não é para qualquer um.

A gente vai lendo o livro e levando choques. Sempre soubemos, por exemplo, que Le Corbusier é aquele arquiteto genial que veio aqui na ditadura de Getúlio participar do novo prédio do MEC, no Rio, junto com Niemeyer e Lúcio Costa. Mas é mais complicado. Com o argumento de que o arquiteto tinha que ajudar na reconstrução, Le Corbusier juntou-se ao governo nazista de Vichy e em 1940 acusava os judeus de terem "sede por dinheiro" e que isto ajudava na corrupção. Outros, como Marcel Duchamp, fingiam que os nazistas não existiam.

Esse livro, escrito pelo olhar crítico de um estrangeiro, analisa o cinema, os espetáculos, o mundo editorial e a ambígua atmosfera em que muitos deslizavam para sobreviver. Entra na questão da direita e da esquerda, e pensadores como Sartre não se saem muito bem. Albert Camus sai-se melhor, porque manteve distância do comunismo – o outro polo de atração ideológica.

Se o século XX foi o campo de luta de ideologias extremas, que se tocavam pelo avesso, como o nazismo e o comunismo, foi também o espaço em que intelectuais embarcaram em utopias desastrosas. Por exemplo, aquele grupo francês dos anos 60 – "Tel Quel" sobre ser marxista tinha até maoístas convictos. Michel Foucault não se entusiasmou com a ascensão de Khomeini no Irã?

Fechando seu livro, Alan Riding diz: "Se os intelectuais franceses não têm mais a autoridade que um dia gozaram isto é porque suas doutrinas faliram e as miragens da utopia se esvaneceram (...). Politicamente falando, artistas e escritores podem agora ser menos proeminentes, mas também são menos perigosos".

Será?

Eis uma questão que vai dar na análise da geleia geral da pós-modernidade em que a quantidade e o mercado é que mandam. Mas isto é outro debate, outro livro.

6 de fevereiro de 2011

Um presidente diferente

Estou no Uruguai e o chofer que nos conduz ao aeroporto conta umas coisas sobre o novo presidente do seu país. Ouço aquilo duplamente interessado. Primeiro porque estava voltando ao Brasil tentando pegar ainda as urnas abertas de 3 de outubro. Minha cabeça estava envolta em política, apesar de ter passado ali alguns dias no "Encuentro de Escrituras".

O que o chofer me diz é surpreendente. O atual presidente, esse ex-guerrilheiro chamado "O Gordo", conhecido popularmente como José "Pepe" Mujica, foge por completo à ideia que fazemos de um político. Primeiro, conforme meu informante, ele se recusou a receber o salário de presidente, algo em torno de uns 15 mil dólares. Disse que lhe bastavam uns dois mil dólares e que o resto ele ia doar ou devolver aos cofres.

Isto contrasta logo com o caso brasileiro: Fernando Henrique e Lula têm várias aposentadorias. E não me consta que tenham aberto mão do salário presidencial.

Mas não fica aí.

Esse Mujica – que nos leva a ser tão informais – resolveu que não ia morar no palácio. Decidiu continuar a residir no sítio onde está com as galinhas e o cachorro de estimação. Abriu mão das mordomias. E diz que vai continuar com o velho fusca que tem.

Vocês vão dizer: mas o Collor também foi morar na Casa da Dinda. (Sem comentários. Todo mundo sabe o que aconteceu.)

Digo ao chofer: acho bonito isto, refaz na gente a confiança nos políticos, mas tem um problema: Mujica não é mais simplesmente Mujica, é o presidente do país, é uma instituição e não pode, sem segurança, ficar à mercê de algum louco que resolve roubar suas galinhas ou matá-lo...

O chofer insiste e acrescenta.

O presidente anterior – Tabaré Vázquez, de orientação socialista – tinha uma linha parecida com a de Mujica. Era também um tipo raro. Médico de formação, não abriu mão do consultório, mesmo estando na presidência. Me diz o chofer que ele apenas não aceitou novos pacientes, mas fez questão de continuar médico.

O chofer segue me provocando espanto. Agora me conta que o atual prefeito de Punta del Este (onde estive nesta reunião de escritores) é um pintor de paredes. Me indago e indago ao motorista como isso é possível, já que a cidade é sofisticadíssima, com casas de milionários da Argentina, Uruguai, Brasil e até da Europa. A cidade, aliás, parece uma cidade europeia e americana. Uma mistura de Beverly Hills e Barra da Tijuca. Lá está o famoso Casino Conrad, lá estão mansões que ocupam um quarteirão inteiro e têm vários Ferrari na garagem.

Fico sabendo, então, que o pintor de paredes, que virou prefeito, se preparou para ser político, deve ser da estirpe do Lula. Mandaram-no, inclusive, fazer cursos na Alemanha.

O Uruguai há muito me fascina.

Tem pouco mais de três milhões de habitantes. Sou levado a crer que todos são escritores (ou, então, pelo menos leitores e alfabetizados). Já foi a Suíça da América Latina e parece que vai voltar a ser.

Informam-me que lá o estudo do português é obrigatório, e isto agiliza aquela nossa velha ideia de integração. Nos colégios de elite e nos colégios de periferia, onde nós os escritores nos apresentamos, tivemos a melhor impressão. Faz sentido, portanto, que no contexto uruguaio, esse presidente Mujica, ao visitar a bienal de livros de Montevidéu, tenha feito esta declaração: "A mim ocorreu uma coisa terrível, durante catorze anos em que estive preso, não pude ler".

Não sei o que vai ocorrer no Uruguai, se o governo dele vai mesmo dar certo. Mas duas coisas durante a sua posse recente me chamaram a atenção.

A primeira foi ele ter pedido desculpas aos adversários, dizendo: "Se em algum momento meu temperamento de combatente me fez falar demais, peço desculpas".

Enfim, durante o discurso de posse declarou para a multidão que o aclamava: "Companheiros, o mundo está ao contrário. Vocês deveriam estar aqui no palanque, e nós aí, aplaudindo vocês".

10 de outubro de 2010

Uma Sherazade moderna

Você sabia que existe uma outra versão da origem daquelas estórias das *Mil e uma noites*, uma versão feminista que parece moderníssima, mas foi escrita no século XVIII por Horace Walpole? Veja como a modernidade é antiga!

Na lenda original tenta-se explicar por que o rei pegou aquela mania de casar todo dia e mandar cortar o pescoço da mulher no dia seguinte. O fato é que ele tinha sido corneado. E aí a gente pensa o quanto a literatura deve à traição de homens e mulheres. Aliás, não foi só aquele rei. Também seu irmão mais novo. Por isso um amigo me diz que devemos as *Mil e uma noites* a dois cornos. Há quem diga ao contrário, que Sherazade foi a primeira terapeuta: conseguiu curar um marido muito doido contando-lhe intermináveis estórias.

Como vocês se lembram, era uma vez dois reis, que eram irmãos e viviam distantes um do outro. Tendo o mais velho sentido muita saudade do mais novo, mandou-lhe mensagem dizendo que queria recebê-lo no palácio. Quando o mais novo recebeu a comitiva do mais velho, aceitou o convite e preparou-se para partir. Mas já ia saindo quando se lembrou que havia esquecido algo. Voltou ao seu quarto e se deparou com sua mulher na maior orgia com um escravo negro. Sacou da espada e matou os dois. E partiu para a viagem de encontro ao irmão. Mas chegou tão abatido ao outro reino que o mais velho, preocupado, convidou-o para uma caçada. Mergulhado na sua infeliz cornitude, o mais novo ficou no palácio zanzando enquanto o irmão mais velho saiu para a caçada. Ele não tinha coragem de contar ao irmão o que tinha visto na sua própria alcova. Mas foi aí que ele descobriu que não era o único corno da família. Numa noite, enquanto seu irmão estava caçando, ele viu a rainha (sua cunhada) fazer uma orgia com dez homens e dez mulheres mais um tremendo escravo negro que descia de uma árvore e mandava ver com a rainha. Como se vê, os escravos negros antigamente não brincavam em serviço. Ou, aliás, brincavam...

Quando o irmão mais velho voltou da caçada encontrou o mais moço recuperado: a cornitude do mais velho curou a do mais novo. Obrigado a contar por que se recuperara tão rápido, o mais novo contou sua própria desdita, aquela cena em que degolou a mulher e o negão. O mais velho disse: se fosse comigo ia matar mil mulheres para me vingar. Aí não teve jeito, o mais novo contou ao mais velho o que vira a rainha fazer. E assim foi que o corno mais velho começou a matar toda noite uma mulher até que Sherazade veio com aquelas estórias... e reverteu tudo.

Num livrinho fascinante – *História d'as mil e uma noites* (Editora Unicamp) – Cláudio Giordano revela que vários escritores, além de Poe e Borges, tentaram prolongar essas narrativas. E uma das mais criativas e irônicas é a de Horace Walpole, autor inglês do século

XVIII. Aí aparece o tal rei matando as mulheres, até que um dia uma delas começa já na primeira noite a lhe contar coisas. No meio da narrativa, exausto, o rei dormiu. Ela não teve dúvidas, chamou um escravo e sufocaram o rei com travesseiros, espalhando o que o rei havia morrido de hemorroidas. Isto feito, ela proclamou-se rainha. E mais: decidiu que ia se casar toda noite com um homem diferente. E como era bem mais liberal, não fazia questão que eles lhe contassem estórias. Também achou que não era necessário mandar matá-los no dia seguinte.

Ela queria mesmo era ter suas noites preenchidas, sem ter que ouvir ou contar muitas estórias e sem ter que se socorrer do escravo núbio de plantão.

Moderna, muito moderna essa rainha.

25 de outubro de 2009

Voltar a Minas

Meus pés seguem pisando as pedras das ruas de Ouro Preto e vou pensando em meu pai que aqui nasceu, por aqui andou, menino ainda, no século XIX. Seu pai e seu avô eram todos dessa região. Eu venho, portanto, da Minas profunda. E, mentalmente, vou fazendo algo que bem poderia ser um poema ao estilo dos modernistas:

> Meu pai nasceu no século dezenove
> e o pai de seu pai no século dezoito.
> Se minha filha vier a ter um filho,
> e esse filho, um filho depois,
> poderemos,
> todos juntos, chegar vivinhos
> ao século vinte e dois.

E sigo caminhando no passado, fazendo elipses e volutas no tempo e espaço. Voltar a Minas, tendo aqui nascido, é uma operação delicada. E se torna cada vez mais delicada e imprescindível, quanto mais se vive, e quanto mais se vive fora de Minas. Posto que há uma Minas dentro e uma Minas fora de mim, andar simultaneamente nas bordas do tempo-espaço é peripateticamente tentar conciliar aquilo que a vida apartou e só o afeto pode reunir.

Olho essas torres iluminadas à noite. Contemplo os frontispícios, florões, muros caiados de eternidade, vejo os telhados dessas casas descendo em degraus numa harmonia antiga e perfeita. Por aqui, aluno, andava estudando o Barroco. Por aqui, professor, trazia alunos para estudar o Barroco. Por aqui, com a alma cravada de elipses, sigo sonambulando meus queridos fantasmas. Gente que vi e amei. Gente que amo e revejo cada vez mais ternamente.

Ainda um pouco, e dentro deste projeto (Tim Grandes Escritores) que nos faz perambular como caixeiros-viajantes da cultura, ainda um pouco, e já estou em Congonhas. Vou subindo a ladeira penitentemente, vou repetindo as frases inscritas nos textos dos profetas e desenrolando dentro de mim um pergaminho que se desenrola mundo afora. Vi alguns Montes Sacros, aqui e ali, seja no norte da Itália ou em Bom Jesus de Braga, em Portugal. Mas é este de Congonhas que me enternece, mais que todos. Tenho viajado. Muito. Nunca o suficiente. E mais viajarei. Por isso, meu texto/textamento vai se escrevivendo dentro e fora de mim. Estou nas margens do Nilo, mas estou aqui. Estou junto à Grande Muralha, mas estou aqui. Estou numa medina do Marrocos, mas estou aqui. Estou no frio e limpo Canadá, mas estou aqui. Estou num café na Irlanda, às três horas da tarde, mas o pão e café com leite são daqui. Sempre, e mais uma vez, é aqui que estou quando aqui não estou.

Agora é São João del Rei que me acolhe. Cada cidade com suas estórias, suas lendas e assombrações. E, de novo, Aleijadinho nos crucificando com as chagas de sua arte. Ah, esses bandeirantes, esses colonizadores, esses inconfidentes todos, que alucinação! Como varavam montanhas de pedra pela cobiça do ouro e prata! Todas essas cidades têm um rio de vida e um rio de mortes, que não para de fluir pro mar.

Mais adiante, andar por Tiradentes é redescobrir um presépio vivo, exemplo de como duas ou três pessoas, por amor, de repente, conseguem reinventar uma cidade. E secundados por outros que também afluem a redescobrem, arrancando-a de três, quatro séculos de dormência. E assim começa-se a semear entre vielas e colinas, deliciosas pousadas. Olhando de novo essas pedras, essas portadas e esses florões, a alma se abastece de eternidade.

Não sei quantos já disseram essa platitude, que só quem parte é que pode voltar. Por isso, se partir é uma premência e um desespero de buscar, a volta, ah!, a volta é uma peripécia delicada na qual se pode naufragar. Que o digam Ulisses e seu custoso regressar. Voltar, então, é uma arte. Arte em duas partes, o ato de partir e o ato de voltar.

24 de junho de 2007

UMA SÉRIE COM MUITA HISTÓRIA PRA CONTAR

Alexandre, o Grande, *Pierre Briant* | **Budismo**, *Claude Levenson* | **Cabala**, *Roland Goetschel* | **Capitalismo**, *Clau[de] Jessua* | **Cérebro**, *Michael O'Shea* | **China moderna**, *Ra[na] Mitter* | **Cleópatra**, *Christian-Georges Schwentzel* | **A crise [de] 1929**, *Bernard Gazier* | **Cruzadas**, *Cécile Morrisson* | **Dinossa[u]ros**, *David Norman* | **Economia: 100 palavras-chave**, *Jea[n]-Paul Betbèze* | **Egito Antigo**, *Sophie Desplancques* | **Escri[ta] chinesa**, *Viviane Alleton* | **Evolução**, *Brian e Deborah Cha[r]lesworth* | **Existencialismo**, *Jacques Colette* | **Geração Bea[t]**, *Claudio Willer* | **Guerra da Secessão**, *Farid Ameur* | **História [da] medicina**, *William Bynum* | **História da vida**, *Michael J. Bent[on]* | **Império Romano**, *Patrick Le Roux* | **Impressionismo**, *Dor[i]nique Lobstein* | **Islã**, *Paul Balta* | **Jesus**, *Charles Perrot* | **Joh[n] M. Keynes**, *Bernard Gazier* | **Jung**, *Anthony Stevens* | **Kar[t]**, *Roger Scruton* | **Lincoln**, *Allen C. Guelzo* | **Maquiavel**, *Que[n]tin Skinner* | **Marxismo**, *Henri Lefebvre* | **Memória**, *Jonathan [K.] Foster* | **Mitologia grega**, *Pierre Grimal* | **Nietzsche**, *Jean Gra[g]nier* | **Paris: uma história**, *Yvan Combeau* | **Platão**, *Julia Anna[s]* | **Primeira Guerra Mundial**, *Michael Howard* | **Relatividad[e]**, *Russel Stannard* | **Revolução Francesa**, *Frédéric Bluch[e,] Stéphane Rials e Jean Tulard* | **Rousseau**, *Robert Wokler* | **Sa[n]tos Dumont**, *Alcy Cheuiche* | **Sigmund Freud**, *Edson Sousa [e] Paulo Endo* | **Sócrates**, *Christopher Taylor* | **Teoria quântic[a]**, *John Polkinghorne* | **Tragédias gregas**, *Pascal Thiercy* | **Vinh[o]**, *Jean-François Gautier*

L&PMPOCKET**ENCYCLOPAEDIA**
Conhecimento na medida certa